KB003072

그림
후명

무산

오현

선시

문학나무

옆에서 지켜보면 스님 곁에는 수 많은 사람들이 몰려든다.

거기에는 판, 검사, 국회의원, 지방수령, 유력 정치인 등 속

세의 높은 관직을 가진 권력가들도 있고, 돈이 많은 대 기업

가, 대신문사 발행인, 언론인, 교수, 문인 등 유명인들과 대

통령의 측근, 심지어 대통령을 하겠다는 분들도 있다. 그런

가 하면 물론 이름 없는 중생, 장삼이사張三李四의 민초들이나

촌로, 촌부, 불교 신도들은 더 말할 나위 없다.

— 오세영 시인, 서울대 명예교수

무산 시조는 오도의 형이상학적 경험을 형상화한 것이 대종을 이룬다. 그리하여 비약과 초월의 발상이 많이 동원된다. 또한 그 안에서는 상대적 가치들이 일원론적으로 융합되어 일체의 차별이 존재하지 않는 진경이 제시된다. 초월자의 혜안에서 바라본 진여계真如界를 제시하기 위해 지각 경험으로는 도저히 재현할 수 없는 절대적 이미지를 구축하고 있기 때문이다. 그래서 불가피하게 오의奧義의 연쇄가 발견되기도 한다. 하지만 조오현 시는 궁극적으로 지상의 모든 대립이 소멸되는 통합적 사유 과정 속에서 완성됨으로써, 세속과 탈속의 불가분리성을 보여주는 데 매진한다. 조오현 시조만의 시사적 위상이자 돌올한 개성이 아닐 수 없다.

— **유성호** 문학평론가, 한양대 교수

무산
오현
선시
책임편집 _ 윤후명 · 황충상

차례

선시

오현론

인물 단상

전기평

선시

걸레중광

중광重光이 그려놓은 달마 속에는
눈 떨어진 내가 눈 찾아가고
귀 떨어진 내가 귀 찾아가고
입 떨어진 내가 입 찾아가고
코 떨어진 내가 코 찾아가고

중광이 그려놓은 달마 속에는
눈 찾아간 내가 돌아오지 못하고
귀 찾아간 내가 돌아오지 못하고
입 찾아간 내가 돌아오지 못하고
코 찾아간 내가 돌아오지 못하고

중광이 그려놓은 달마 속에는
엄니와 손발톱이 다 물러빠진
중광이가 홀로 앉아 수염을 그린다

세상을 쓰다듬는 수염을 그린다

겨울 산짐승

동지 팥죽 먹고
잡귀 다 몰아내고
조주스님 어록을 읽다
잠이 들다
우두둑 설해목 부러지는
먼 산 적막 속으로

나는 말을 잃어버렸다

내 나이 일흔둘에 반은 빈집뿐인 산마을을 지날 때

늙은 중님 하고 부르는 소리에 걸음을 멈추었더니 예
닐곱 아이가 감자 한 알 쥐어주고 꾸벅 절을 하고 돌아
갔다 나는 할 말을 잃어버렸다
그 산마을을 벗어나서 내가 왜 이렇게 오래 사나 했
더니 그 아이에게 감자 한 알 받을 일이 남아서였다

오늘도 그 생각 속으로 무작정 걷고 있다

나는 부처를 팔고 그대는 몸을 팔고

일본 임제종의 다쿠안澤庵(1573~1645)선사는 항상 마른 나뭇가지나 차가운 바위처럼 보여 한 젊은이가 짓궂은 생각이 들어 이쁜 창녀의 나체화를 선사 앞에 내놓으며 찬讚을 청하고 선사의 표정을 삐뚜름히 살피니 다쿠안 선사는 뻥긋뻥긋 웃으며 찬을 써내려갔습니다.

나는 부처를 팔고
그대는 몸을 팔고
버들은 푸르고 꽃은 붉고……
밤마다 물 위로 달이 지나가지만
마음은 머무르지 않고 그림자 남기지 않는도다.

무산 오현

내가 나를 바라보니

무금선원에 앉아
내가 나를 바라보니

기는 벌레 한 마리
몸을 폈다 오그렸다가

온갖 것 다 갉아먹으며
배설하고
알을 슬기도 한다

내가 죽어보는 날

부음을 받는 날은
내가 죽어보는 날이다

널 하나 짜서 그 속에 들어가 눈을 감고 죽은 이를
잠시 생각하다가
이날 평생 걸어왔던 그 길을
돌아보고 그 길에서 만났던 그 많은 사람
그 길에서 헤어졌던 그 많은 사람
나에게 돌을 던지는 사람
나에게 꽃을 던지는 사람
아직도 나를 따라다니는 사람
아직도 내 마음을 붙잡고 있는 사람
그 많은 얼굴들을 바라보다가

화장장 아궁이와 푸른 연기

뼛가루도 뿌려본다

노승과 도둑

절이라고 하면 산은 높고 골도 깊고 물도 많아 그 부
근에 가면 기우뚱한 고탑 석불 그을린 석등 버려진 듯
한 부도 탑신 주춧돌 홈대 장독 무거운 축대 돌담 돌다
리 설해목 같은 것이 보이고 그래서 조금은 서늘하고
고풍스럽고 밤이면 폭포수 떨어지는 소리와 함께 날짐
승 산짐승들 울음소리로 하여 적막을 더해줘야 하는데
그렇지 못하고 어떤 도류道流들이 살다가 내버리고 간
그래서 담장은 진작 다 허물어지고 마당에는 풀이 무성
한 파옥 한 채가 있었는데 언제 어디서 왔는지 한 노승
이 그 파옥에 와서 살고 있었는데 마을 사람들은 그 노
승을 위해 노승이 외출한 사이 담장을 쌓고 풀을 뽑고
집을 깨끗하게 보수를 해 놓았는데 외출에서 돌아온 그
노승 왈 "풀을 다 뽑아버렸으니 이제는 풀벌레 소리도
못 듣게 되었군."

시큰둥한 표정이었는데 집을 보수해 놓으니 집주인

이 부자인 줄 알고 도둑이 들었는데 노승은 도둑에게
줄 물건이 없어 입고 있던 옷을 홀랑 다 벗어주고 알몸
으로 마당가에 나와 둥근 달을 쳐다보고 밝아졌습니다.

"저 아름다운 달까지 주었으면 얼마나 좋았을까."

달마 5

매일 쓰다듬어도 수염은 자라지 않고

하늘은 너무 맑아 염색을 하고 있네

한 소식 달빛을 잡은 손톱은 다 물러 빠지고

돌배나무꽃

덕사德寺로 올라가는 한 골짜구니에 속은 썩고 곧은 가지들은 다 부러진 돌배나무 한 그루가 큰 바위를 의지하여 젖버듬히 서 있는데 응달진 곳이라 꽃이 좀 늦게 피지만 꽃이 환하게 다 피면 골짜구니가 얼마나 환한지 처음 찾는 사람들 중에는 그곳에 절이 있는 줄 알고 그곳으로 가는 것을 많이도 보아온 덕사의 산지기 젊었을 때 일화입니다.

유난히 그 돌배나무와 그 꽃을 좋아했던 젊은 산지기는 그토록 환했던 꽃이 다 지고 나면 가지에서 떨어진 꽃잎은 분명히 바람에 날리기도 하고 땅바닥에 떨어져 밟히기도 하지만 꽃은 어디론가 가는 곳이 있을 것 같아서 좀 알만한 사람을 보면 물어보고 물어보았지만 신통한 대답은 한 마디도 못 들었다는 것입니다.

그런 어느 해 또 길을 잘못 들어온 오종종한 한 늙은이가 그 돌배나무꽃 그늘에 오종종 앉아서 '피면 지고

지면 피고 오면 가고 가면 오고……' 이렇게 혼자 기뻐
하고 혼자 슬퍼하는 모양이 조금은 우스워 그 모양을
멀찌가니 서서 구경하고 있었던 그 산지기는 그만 장난
기가 발동하여 늙은이 코앞에 가서 아주 큰소리로 "영
감님! 영감님! 꽃이 어디로 가는지 아시고 하는 소립니
까? 모르고 하는 소립니까?" 장난삼아 물어보는 부지
불식 그 찰나에 그 오종종한 늙은이 몸 어느 구석에 그
런 힘이 남아 있었는지 집고 있던 개물푸레나무 작대기
로 들입다 산지기의 어깻죽지를 후려쳤는데 그게 또 어
떻게나 아픈지 저만큼 후닥닥 도망을 치니 그 늙은이
왈 "꽃은 네놈이 도망가는 그곳으로……그만큼……네
놈이 작대기에 맞아 아팠던 그곳으로……아팠던 그만
큼……그곳 그곳으로 갔다! 가서!" 하고는 또 혼자 기
뻐하고 혼자 슬퍼했다는데…….

　그다음 해부터 그 돌배나무꽃이 다 피었다 다 지고

나면 덕사의 일백여 대중들은 돌배나무 그 꽃이 간 곳
을 아는 사람은 일백여 대중 중에 오직 그 산지기 한 사
람뿐이라고 일백여 대중들이 한 마디씩 하다보면 덕사
에는 봄 여름 가을 겨울 없이 일 년 내내 돌배나무꽃이
환하게 피어 사람들의 마음도 좀 환하게 했다는 그런
이야기입니다.

된바람의 말

서울 인사동 사거리
한 그루 키 큰 무영수無影樹

뿌리는 밤하늘로
가지들은 땅으로 뻗었다

오로지 떡잎 하나로
우주를 다 덮고 있다

마음 하나

그 옛날 천하장수가
천하를 다 들었다 다 놓아도

한 티끌 겨자씨보다
어쩌면 더 작을

그 마음 하나는 끝내
들지도 놓지도 못했다더라

무자화 無字話 _부처

강물도 없는 강물 흘러가고 있다

강물도 없는 강물 범람하고 있다

강물도 없는 강물에 떠내려가는 뗏목다리

뱃사람의 말—무자화 1

하늘에는 손바닥 하나 손가락은 다 문드러지고

이목구비도 없는 얼굴을 가리고서

흘리는 웃음기마저 걷어지르고 있는 거다

보검

너를 처음 보았을 때 온몸이 흔들렸다
네 손목을 잡았을 때 서늘한 바람이 지나갔다
네 몸이 내 몸에 닿는 순간 상처만 남았다

상처가 아물어서 진주가 되기까지
진주가 몸에 박혀 보검이 되기까지 얼마나 울었던가
사랑은 그 누구도 끝내 버릴 수 없구나

봄의 불식不識

이 몸 사타구니에 내돋친 붉은 발진

그로 인하여 짓물러 다 빠진 어금니

내 불식 하늘 가장자리 아, 육탈肉脫이여

봄의 역사

내 말을 잘라버린 그 설도舌刀 참마검斬馬劍

내 넋을 다 앗아간 그 요염한 독버섯도

젠장할 봄날 밤에는 꽃망울을 맺더라

불국사가 나를 따라 와서 _절간 이야기 13

경주 불국사 참배를 하고 동해안을 찾았더니, 천년고찰 불국사가 나를 따라와서 거기 망망한 바다에 떠 흐르고 있었습니다.

천년고찰 불국사가 떠 흐르는 바다 속에는 떠 흐르는 불국사 그림자가 얼비치고 있었는데, 얼비치는 불국사 그림자 속에는 마니보장전 그림자가 얼비치고 얼비치는 마니보장전 그림자 속에는 법계 허공계 그림자가 얼비치고, 얼비치는 법계 허공계 그림자 속에는 축생계 광명 그림자가 얼비치고, 얼비치는 축생계 광명 그림자 속에는 천상계 암흑 그림자가 얼비치고, 얼비치는 천상계 암흑 그림자 속에는 욕계 미진 그림자가 얼비치고, 얼비치는 욕계 미진 그림자 속에는 염부단금 연잎이 얼비치고, 얼비치는 염부단금 연잎 그림자 속에는 인다라 망이 얼비치고, 얼비치는 인다라망 그림자 속에는 천년 세월 그림자가 얼비치고, 얼비치는 천년 세월 그림자 속에는 석가탑이 얼비치고, 얼비치는 석가탑 그림자 속에는 비련의 연지가 얼비치고, 얼비치는 비련의 연지 그림자 속에는 아사달 아사녀 그림자가 얼비치고, 얼비치는 아사달 아사녀 그림자 속에는 그림자마다 각각 다른 그림자의 그림자가 나타나 서로 비추고 있어 그것들은 아승기겁을 두고 말할지라도 다 말할 수 없는 그 모든 그림자들을 내 그림자가 다 거두어들이고 있었습니다.

경주 불국사 참배를 하고 동해안을 찾았더니, 천년고찰 불국사가 나를 따라와 거기 망망 바다에 떠 흐르고 있었습니다.

사랑

사랑은 넝쿨손입니다
철골 철근 콘크리트 담벼락
그 밑으로 흐르는
오염의 띠 죽음의 띠
시뻘건 쇳물
녹물을
빨아먹고 세상을 한꺼번에 다
끌어안고 사는 푸른 이파리입니다
잎덩쿨손입니다
사랑은 말이 아니라
생명의 뿌리입니다
이름 지을 수도 모양 그릴 수도 없는
마음의
잎덩쿨손입니다
하나님의 떡잎입니다

부처님의 떡잎입니다

설법

고암스님이 법상에 올라

어느 날 한 외도外道가 세존께 물었다. "있는 것도 아니고 없는 것도 아닌 바를 말씀해주십시오." 그러나 세존은 말없이 그를 지켜보기만 했다. 잠시 후 외도는 "세존의 큰 자비로 모든 미망의 구름이 걷히고 깨달음을 얻었습니다." 하고 떠났다. 그것을 보고 있던 제자 아난이 "그 외도가 대체 무엇을 보고 깨우쳤다고 한 겁니까?" 하고 묻자 "준마駿馬는 채찍 그림자만 보고도 달리는 것과 같다."고 대답했다.

이와 같이 설법은 말이 아니라고 하시고 하좌하시었다.

숲

그렇게 살고 있다 그렇게들 살아가고 있다

산은 골을 만들어 물을 흐르게 하고

나무는 겉껍질 속에 벌레들을 기르며

스님과 대장장이

하루는 천은사 가옹스님이 우거寓居에 들러, "내가 젊었을 때 전라도 땅 고창읍내 쇠전거리에서 탁발을 하다가 세월을 담금질하는 한 늙은 대장장이를 만난 일이 있었어. 그때 '돈벌이가 좀 되십니까?' 하고 물었는데 그 늙은 대장장이는 사람을 한 번 치어다보지도 않고 '어제는 모인某人이 와서 연장을 벼리어 갔고 오늘은 대정大釘을 몇 개 팔고 보시다시피 가마를 때우고 있네요.' 한단 말이야. 그래서 더 묻지를 못하고 떠났다가 그 며칠 후 찾아가서 또 다시 '돈벌이가 좀 되십니까?' 하고 물었지. 그러자 그 늙은 대장장이는 '3대째 전승해온 가업이라……' 하더니 '젠장할! 망처 기일을 잊다니!' 이렇게 퉁명스레 내뱉고 그만 불덩어리를 들입다 두들겨 패는 거야." 하고는 밖으로 나가 망연히 먼 산을 바라보고 서 있기에,

"어디로 가실 생각입니까?"

하고 물었더니 가옹스님은

"그 늙은 대장장이가 보고 싶단 말이다."

하는 것이었습니다.

아득한 성자

하루라는 오늘
오늘이라는 이 하루에

뜨는 해도 다 보고
지는 해도 다 보았다고

더 이상 더 볼 것 없다고
알 까고 죽은 하루살이 떼

죽을 때가 지났는데도
나는 살아 있지만
그 어느 날 그 하루도 산 것 같지 않고 보면

천년을 산다고 해도
성자는

아득한 하루살이 떼

아지랑이

나아갈 길이 없다 물러설 길도 없다
돌아봐야 사방은 허공 끝없는 낭떠러지
우습다
내 평생 헤매어 찾아온 곳이 절벽이라니

끝내 삶도 죽음도 내던져야 할 이 절벽에
마냥 어지러이 떠다니는 아지랑이들
우습다
내 평생 붙잡고 살아온 것이 아지랑이더란 말이냐

여행

어떤 사람이 나를 만나 뵙고 싶다고 부처님 말씀을 듣고 깨달음을 얻고 싶다고 전화를 했다. 나는 참 잘난 놈이라고 속으로 웃고는 큰소리로 "나는 지금 여행 중이다" 했더니 그 사람이 "언제 돌아오십니까" 하고 묻기에 "그건 나도 몰라 어쩜 영원히 돌아오지 않을지도 몰라" 하고 전화를 끊어버렸다.

사실 나는 영원히 돌아오지 않을 길을 평생 나로부터 떠나고 떠나고 있다.

염장이와 선사

어느 신도님 부음을 받고 문상을 가니 때마침 늙은 염장이가 염습을 하고 있었는데 그 염습하는 모양이 얼마나 지극한지 마치 어진 의원이 환자를 진맥하듯 시신 어느 한 부분도 소홀함이 없었고, 염을 다 마치고는 마지막 포옹이라도 하고 싶다는 눈길을 주고도 모자라 시취屍臭까지 맡아 보고서야 관 뚜껑을 덮는 것이었습니다.

사실 오늘 아침 한솥밥을 먹은 가족이라도 죽으면 시체라 하고 시체라는 말만 들어도 섬찍지근 소름이 끼쳐 곁에 가기를 싫어하는데 생전에 일면식도 없는 생면부지의 타인, 그것도 다 늙고 병들어 죽어 시충까지 나오는 시신을 그렇게 정성을 다하는 염장이는 처음 보았기에 이제 상제와 복인들에게 인사를 하고 돌아가는 염장이에게 한 마디 말을 건네 보았습니다.

"처사님은 염을 하신 지 몇 해나 되셨는지요?"

"서른둘에 시작했으니 한 40년 되어 갑니더."

"그러시면 많은 사람의 염을 하신 것 같으신데 다른 사람의 염도 오늘처럼 정성을 다 하십니까?"

"별 말씀을 다 하시니……. 산 사람은 구별이 있지만서도 시신은 남녀노소 쇠붙이 다를 것이 없니더. 내 소시에는 돈 땜에 이 짓을 했지만서도 이 짓도 한 해에 몇 백 명 하다 보니 남모를 정이 들었다 할까유. 정이……. 사람들은 시신을 무섭다고 하지만 나는 외려 산 사람이 무섭지 시신을 대하면 내 가족 같기도 하고 어떤 때는 내 자신의 시신을 보는 듯해서……."

이쯤에서 실없는 소리 그만하고 갈 길을 그만 가야겠다는 표정이더니 대뜸, "내 기왕 말씀이 나온 김이니 시님에게 한 말씀 물어봅시더. 이 짓도 하다 보니 시님들도 많이 만나게 되는데, 어떤 시님은 사람 육신을 피고름을 담은 가죽 푸대니, 가죽 주머니니, 욕망 덩어리라

이것을 버렸으니 물에 잠긴 달그림자처럼 영가靈駕는
걸림이 없어 좋겠다고 하시기도 하고, 어떤 시님은 허
깨비 같은 빈 몸이 곧 법신法身이라 했던가유? 그렇게
하고, 또 어떤 시님은 왕생극락을 기원하며 염불만 하
시는 시님도 있고……. 아무튼 시님들 법문도 각각인데
그것은 그만두시고요. 참말로 사람이 죽으면 극락지옥
이 있습니꺼?"

　흔히 듣는 질문이요 신도들 앞에서도 곧잘 해왔던 질
문을 받았지만 이 무구한 염장이 물음 앞에는 그만 은
산철벽을 만난 듯 동서불명東西不明이 되고 말았는데,
염장이는 오히려 공연한 말을 했다는 듯,

　"염을 하다 보면 말씀인데유. 이 시신의 혼백은 극락
을 갔겠다 저 혼백은 지옥에 갔겠다 이런 느낌이 들 때
도 더러 있어 그냥 해본 소리니더. 이것도 넋 빠진 소리
입니더만 분명한 것은 처음 보는 시신이지만 그 시신을

대하면 이 사람은 청검하게 마 살았겠다 이 노인은 후
덕하게 또는 남 못할 짓만 골라서 하다가 이 시신은 고
생만 하다가 또 누명 같은 것을 못 벗고…… 그 머라하
지유? 느낌이랄까유? 그, 그 사람이 살아온 흔적 같은
것이 시신에 남아 있거든요?"

　하고는 더 말을 하지 않을 듯 딸막딸막하더니, 당신
의 그 노기老氣로 상대가 더 듣고 싶은 마음을 읽었음인
지,

　"극락을 갔겠다는 느낌이 드는 시신은 대강대강 해도
맘에 걸리지 않지만 그렇지 않은 죄가 많아 보이는 시
신을 대하면 자신도 죄를 지은 것처럼 눈시울이 뜨뜻해
지니더. 정이니더, 옛 사람 말씀에 사람은 죽을 때는 그
말이 선해지고 새도 죽을 때는 그 울음이 애처롭다 했
다니더. 죽을 때는 누구나 다 선해지니더……. 이렇게
갈 것을 그렇게 살았나? 하고 한 번 물어보면 영감님

억 천년이나 살 것 같아서, 가족들 기쁘게 해주고 싶어서 한 번 잘 살아보고 싶어서 그랬니더. 너무 사람을 울리시면 내 화를 내고 울화통 터져 눈 못 감고 갑니더. 이런 대답을 들으니 아무리 인정머리 없는 염쟁이지만 정이 안 들겠니꺼? 그 돌쟁이도 먹놓고 징 먹일 때는 자기의 혼을 넣고……. 땜쟁이도 그렇다 하는데 오늘 아침 숨을 같이 쉬고 했던 사람이 마지막 가는데유…….아무런들 이 짓도 정이 없으면 못해 먹을 것인데 그렇듯 시신과 정을 나누다 보면 어느 사이 그 시신 언저리에 남아 있던 삶의 때라 할까유? 뭐 그런 것이 걷히고 비로소 내 마음도 편안해지거든요. 결국은 내 마음 편안하려고 하는 짓이면서도 남 눈에는 시신을 위하는 것이 풍기니 나도 아직…….”하고는 잠시 나를 이윽히 바라보더니, “시님도 다 아시는 일을 말했니더. 나도 어릴 때 뒷절 노 시님이 중 될 팔자라 했는데 시님들 말씀과 같이 업業이라는 것이 남아 있어서……. 이제 나도 갈 일만 남은 시신입니더." 이렇게 말끝을 흐리는 것이었습니다.

오늘의 낙죽焓竹

추석달이 떠오르면 조개는 숨을 죽이고

물 위로 떠올라서 입을 쫙 벌리고서

달빛만 받아들인다 속살을 다 내어 보이고

이 내 몸

남산 위에 올라가 지는 해 바라보았더니

서울은 검붉은 물거품이 부걱부걱거리는 늪

이 내 몸 그 늪의 개구리밥 한 잎에 붙은 좀거머리더
라

이 세상에서 제일로 기쁘고 즐겁고 좋은 날

임제스님의 법제자 관계灌溪스님은 임종하던 날 시자侍者와 한가롭게 차를 마시며 "……앉아서 죽는 것도坐脫 진기할 것이 없고, 서서 죽는 것도立亡 신통치 않고 거꾸로 서서 죽는 것도倒化 그리 썩 감심感心이 안 되…… 옳지 나는 이렇게 가야겠다."하고 일어나 마당에 가서 잠시 서 있다가 한 발짝, 두 발짝, 셋, 넷, 다섯, 여섯, 일곱 발짝까지 걸음을 떼어놓더니 그냥 그 자리에서 걸어가던 그 모양 그대로 죽었답니다.

이 일화를 우리 절 늙은 부목처사에게 했더니 부목처사는 뻐드렁이를 다 내놓고 "살아보니 이 세상에서 제일로 기쁘고 즐겁고 좋은 날은 아무래도 죽는 날이 될 것 같니더."하고 벙시레 웃는 것이었습니다.

이 세상에서 제일로 환한 웃음

지난 입춘 다음다음 날 여든은 실히 들어 보이는 얼굴의 깡깡한 촌 노인이 우리 절 원통보전 축대 밑에 쭈그리고 앉아 아주 헛기침을 해가면서 소주잔을 홀짝거리고 있었는데 그 모양을 본 노전스님이 "어르신 여기서 술 마시면 지옥 갑니다. 저쪽 밖으로 나가서 드십시오." 하고 안경 속의 눈을 뜨악하게 치뜨자 가뜩이나 깡깡한 얼굴을 짱땅그려 노전스님을 치어다보던 노인이 두 볼이 오무라들도록 담배를 빨더니 어칠비칠 걸어 나가면서 "요 절에도 중 냄새 안 나는 스님은 없다캐도, 내 늙어 요로코롬 시님들이 괄대할 줄 알았다캐도 고때 공비놈들이 대흥사에 불쳐지를라칼 고때 구경만 했을 끼이라캐도. 쩌대는 무논에서 뼈 빠지게 일을 했다캐도 타작마당에서는 뼈 빠진 놈은 허접스런 쭉정이뿐이라캐도 시님들 공부 잘 하시라고 원망 한 번 안 했는디 아 글쎄 공비놈들이 나타나고 전쟁이 터지자 생사가 똑같

다카든 대흥사 시님들은 불사처不死處를 찾아 다 떠나고
절은 헌 벌집처럼 헹뎅그렁 비어 있을 고때 여름 장마
에 담장과 축대가 허물어지고 총소리와 비행기 소리에
기왓장이 다 깨지고 잡초가 무성하고 빗물이 기둥과 서
까래를 타고 내릴 고때 공비놈들이 은신처가 되었을 고
때 공비놈들이 소 잡아묵고 떠나면서 대웅전에 불을 지
를라칼 고때 그 불 누가 막고 그 절 누가 지켰나캐
도……. 그 절 지킨 스님 있으마 당장 나와봐라캐도. 화
재 막고 허물어진 축대 담장 쌓고 잡초 뽑아내고 농사
지어놓으니 불사처에서 돌아와 검누렇게 뜬 낯짝 쌍판
대기가 게걸스러운데다 어깨와 갈비대가 뼈 가죽을 쓰
고 있는 것 같은 소작인들을 불러놓고 절 중수한다꼬칼
고때도 낯짝만 몇 번이고 문질렀을 뿐이라캐도. 내 늙
어빠져 요로코롬 시님들이 업신여기고 박절하게 괄대
천시할 줄 알아다캐도 고때 나도 불구경이나 했을끼라

캐······."

　이렇게 욕지거리를 게워내는 것이었는데 그 욕지거리를 우리 절 일주문 밖 개살구나무가 모조리 다 빨아먹고 신물이 들대로 다 들어 올봄 상춘객에게 이 세상에서 제일로 환한 꽃을 보여주었습니다. 이 세상에서 제일로 환한 웃음을 선사하였습니다.

자갈치 아즈매와 갈매기

사내대장부 평생을 옷 한 벌과 지팡이 하나로 살았던 설봉스님은 말년에 부산 범어사에 주석했는데 그 무렵 곡기를 끊고 곡차를 즐겼지요.

그날도 그 자갈치 어시장 그 많은 사람사람 사투리사투리 물비린내물비린내 질척질척 밟고 걸어 들어가니, 생선 좌판 위에 등이 두툼한 칼로 생태를 토막 내고 있던 눈이 빠꼼한 늙은 '아즈매 보살'이 무르팍을 짚고 꾸부정한 허리를 펴며 뻐드렁니 하나를 내어 놓았지요.

"요새 시님 코빼기도 본 사람 없다캐싸서 그마 시상 살기 싫다캐서 열반에 드셨나 캤다캐도요. 오래 사니 또 보겠다캐도……"

이러고는 바짝 마른 스님의 손을 잡는다 싶더니 치마 끝자락으로 눈꼽을 닦아내고, 전대에서 돈 오천 원을 꺼내어 곡차 값으로 꼭 쥐어주고, 이번에는 빠닥빠닥한 일만 원권 한 장을 흰 봉투에 담아 주머니에 넣어주면서 "두째 미누리 아이가 여태 태기가 없다캐도…… 잠이 안 온다캐도요. 둘째 놈 제대 만기제대하고 취직하마 시님 은공 갚을끼라캐도요. 그마 시님이 곡차 한 잔 자시고요. 칠성님께 달덩이 머스마 하나 점지하라카소. 약소하다캐도 행편 안 그렁교?" 하고 빼꼼빼꼼 스님을 쳐다보자 스님은 흰 봉투 속을 들여다보고는 선화 하나를 만들었지요.

"아즈매 보살! 요새 송아지 새끼 한 마리 값이 얼마인 줄 알고 캅니꺼? 모르고 캅니꺼? 도야지 새끼도 물 좋은 놈은 몇 만 원 한다카는데 이것 가지고 머스마 값이 되겠니꺼?"

그러자 그 맞은편 좌판 앞에서 물오징어를 팔고 있던 젊은 아지매 보살이 쿡쿡 웃음을 참다못해 밑이 추지도록 웃고 말았는데, 때마침 먹이를 찾아왔던 갈매기 한 마리가 그 웃음소리를 듣고 멀리 바다로 날아갔는데,

그 소문을 얼마나 퍼뜨렸는지…….

　그 후 몇 해가 지나 설봉스님 장례식 때는 부산 앞바다 그 수백 마리의 갈매기들이 모여들어서 아즈매 보살들의 울음소리를 흑흑흑……흉내를 내다가 눈물 뜸뜸 떨구었지요.

절간 청개구리

어느 날 아침 게으른 세수를 하고 대야의 물을 버리기 위해 담장가로 갔더니 때마침 풀섶에 앉았던 청개구리 한 마리가 화들짝 놀라 담장 높이만큼이나 폴짝 뛰어오르더니 거기 담쟁이 넝쿨에 살푼 앉는가 했더니 어느 사이 미끄러지듯 잎 뒤에 바짝 엎드려 숨을 할딱거리는 것을 보고 그놈 참 신기하다 참 신기하다 감탄을 연거푸 했지만 그놈 청개구리를 제題하여 시조 한 수를 지어 볼려고 며칠을 끙끙거렸지만 끝내 짓지 못하였습니다. 그놈 청개구리 한 마리의 삶을 이 세상 그 어떤 언어로도 몇 겁劫을 두고 찬미할지라도 다 찬미할 수 없음을 어렴풋이나마 느꼈습니다.

무산 오현

죄와 벌

우리 절 밭두렁에
벼락 맞은 대추나무

무슨 죄가 많았을까
벼락 맞을 놈은 난데

오늘도 이런 생각에
하루해를 보냅니다

취모검吹毛劍 날 끝에서

놈이라고 다 중놈이냐
중놈 소리 들을라면

취모검 날 끝에서
그 몇 번은 죽어야

그 물론 손발톱 눈썹도
짓물러 다 빠져야

오현론

선시조禪時調의 효시嚆矢 조오현

오세영

1

'시와시학사'에서 오랫 만에 원고청탁이 왔다. 오현 큰스님에 대해 시인론을 하나 써 달라는 것이다. 알고 보니 스님이 '정지용문학상'을 수상하시게 되어 특집호를 꾸미게 되었는데 거기 들어갈 글이라 한다. 무엇보다 경하드려야 할 일인 것만큼은 틀림없지만 우선 걱정이 앞선다.

시인론이란 작품이 아니라 그 작품을 산출해낸 인간의 연구이다. 그런 까닭에 그 만큼 시인 그 자신에 대한 인간적 이해 없이는 함부로 쓸 글이 아니다. 내가 지금까지, 세칭 평론이라 칭하는, 많은 글들을 써왔음에도 불구하고 아직 제대로 된 '시인론'을 쓰지 못한 이유도 여기에 있다. 이 경우 역시 마찬가지일 터, 나는 스님의 작품 세계에 대해서는 나름대로 어느 정도는 짐작하고 있지만 솔직히 그분의 인생 역정, 나아가 운수납자로서 그의 구도행각과 무문선각無門禪覺의 경지에 대해서는 거의 아는 것이 없다. 아니, 알기에는 나의 예지가 너무 일천하다. 하물며 큰 깨우침을 이룬 우리 조계종단의 큰 어른이심에랴.

일반 시인들과 달리 오현에 대한 시인론의 어려움이 여기에 있다. 그것은 그의 시가 ―특히 후기에 이르러― 선적 깨달음에 토대해 있음으로 더욱 그러하다. 그럼에도 불구하고 내 지금 감히 그에 대해 한 편의 글을 초하고자 하는 것은 내 필력의 아둔함을 드러내 만천하의 웃음을 사고자 함에 있는 것이 아니라 그의 시에 대한 나의 존경과 십 수 년 그와 맺은 남다른 인연 때문이다. 불가에서는 길을 가다 우연히 행인과 소매 깃을 스치는 것도 삼세三世의 인연이라 하지 않던가.

1984년 아마 지금과 같은 봄날 오후였을 것이다. '한국일보사' 건물의 13층에 있는 송현클럽에서였다. 그때 나는 그 자리에서 제4회 녹원綠園문학상 평론부분을 수상하였는데 식후의 간단한 연회에 한 스님과 인사를 나누게 되었다. 평범한 듯하면서도 무언가 범접치 못할 기품이 있어 보이고 다감한 듯하면서도 어딘가 날카로운 인상을 지니신 분이었다. 상을 제정한 녹원스님의 문도門徒라서 이 자리에 오게 되었다고 했다. 그가 바로 오현스님이었다. 그리고 우리는 헤어졌고 다른 사건이 없는 한 —그때 인사를 나눈 다른 여러 스님들의 경우와 같이— 그것으로 끝났을 일이었다.

그런데 인연이 다함에 모자람이 있었던지 그 다음해 여름방학이었다. 이 상의 운영위원이시자 내 대학의 스승이시기도 한 정한모 선생님께서 한번은 나를 부르시더니 녹원스님이 주석하고 있는 직지사에 내려가 스님께 인사도 드리고 피서 겸 물놀이를 한번 하고 돌아오자고 하셨다. 그런 전차로 선생님의 서울대 제자들이 일행이 된 우리들은 선생님을 모시고 김천의 직지사에 내려가게 되었는데 바로 그 자리에 예기치 않게도 오현 스님이 동참하시게 된 것이다. 카톨릭 신자로서 사찰 예절을 잘 모르시는 선생님이 그 어색함을 피하기 위해 굳이 오현스님을 초청하셨던 것이다.

그날 우리 일행은 낮에는 계곡에서 물놀이를 하고 밤엔 요사체에 좌정하여 시회詩會를 즐기기도 하였다. 그런데 한 가지 별난 일은 그때 오현스님이 그 모임에서 나를 부르면서 꼭 '이 박사'라 호칭하는 것이었다. 무슨 특별한 기억의 집착 때문이었을까. 아니면 낮에 가볍게 든 곡차 때문?. 한두 번 듣다가 민망해서 내가 '스님 저는 이가가 아니고 오가입니다.'라고 정정해 드려도 마찬가지였다. 두 번 세 번 정정해드려도 마찬가지였다. 그러나 ―나로서는 화가 날 법도 한 일이었지만― 어찌 된 일인지 그때는 그런 스님의 어투가 밉상스럽지가 않았다. 아니 오히려 재미 있기 조차 하였다. 그래서 나는 아예 '이 박사'가 되기로 작정하고 그 모임을 즐겼던 것인데 지금 돌이켜보면 스님이 무언가 나의 내심을 떠보려고 그리했던 것이 아닐까 생각된다. 어떻든 지금 나는 결과적으로 스님으로 인해 불가와 깊은 인연을 맺게 되었으니 스님의 혜안이 적중한 것임은 틀림없다. 우리는 이때 직지사에서 하룻밤을 묵은 후 이웃의 청암사를 들러 귀경하였다.

　나로서는 이 두 번째의 만남 역시 그저 무연히 끝날 일이었다. 그런데 그것이 스님에게는 그렇지 않았던 듯 우리는 세 번째 만남을 가지게 되었다. 2년 후 그러니까 1987년 여름 나는 미국 체류를 준비 중이었다. 미국무성 산하 U.S.I.A.의 초청으로 아이오아대학교의 국제창작프로그램International Writing Program에 6개월 동안 참여할 일이 생겼기 때문이다. 그리하여 이제 출국을 삼사 일 앞둔 어느 날이었다. 그 동안 잊고 있었던 스님으로부터 갑자기 의외의 전화 한 통이 걸려 왔다. 스님은 내게 미국에 가는 것부터 사실이냐고 미리 확인을 하시더니 그 전에 한번 만나자고 하였다.

　그리하여 우리는 당시 광화문 네거리 『동아일보사』 뒤편에 있던 서린 호텔 커피숍에서 만났다. 스님은 내가 도미할 것이라는 소문을 누구에겐가 들었다면서 당신이 미국에 체류했을 때의 경험을 토대로 몇 가지 충고의 말씀도 주시고 내 장도를 축복해주셨다. 아, 그리고 잊히지 않은 것 하나, 내가 내겠다는 점심 값을 굳이 우기고 당신이 내시더니 막상 헤어지는 자리에서는 봉투까지 하나 건네주시는 것이 아닌가. 여행경비에 보태 쓰라면서……그때 나는, 이 무렵의 스님이 주석하는 사찰 없이 이곳저곳 만행으로 전전하는, 가난한 운수雲水의 신분임을 잘 알고 있었음으로 내심 불편한 마음도 없지는 않았지만 점심 값을 내시는 당신의 기세에 눌려 그만 그 봉투까지 받아버렸다.

하여간 이런 일들이 계기가 되어 나와 스님과의 인연은 자연스럽게 이어졌고 귀국 후에는 내가 자주 찾아뵙는 관계가 되었다. 그러나 그 중에서도 특별한 계기를 마련해 준 사건은 앞서 이야기한 세 번째의 만남이었다. 그래서 궁금하였다. 그리하여 언제인가 나는 지나가는 말처럼 스님께 "그때 왜 저를 불러내셨느냐"고 물은 적이 있었다. 스님은 이렇게 말씀하셨다. 오 박사의 성격이 무던해 보여 앞으로 불가에 인연이 깊을 듯했기 때문이라는 것이다. 스님이 지적하신 내 성격의 무던함이란 우리들의 두 번째 만남 즉 직지사에서의 일박 때에 일어난 사건을 두고서 한 말씀이다.

스님으로 인해 내가 불가와 인연을 맺은 것은 많다. 첫째, 불교를 지향하는 나의 시세계가 확장되고 깊어졌다. 내 시의 불교적 관심이 스님으로부터 비롯된 것은 물론 아니다. 그러나 스님의 영향으로 보다 심화되었다는 것은 부정할 수 없다. 내 시의 불교적 측면에 대해서는 내 자신 이미 고백한 적이 있고 다른 많은 평론가들 또한 지적한 사항들이니 여기서 새삼 운위하지 않기로 한다. 둘째, 불가의 많은 대덕大德들과 교유하여 삶의 큰 교훈을 배웠다는 점이다. 셋째, 많은 불교 사찰들을 섭렵하고 내 문학의 집필 공간으로 활용할 수 있었다는 점이다. 설악산 백담사, 금강산 화암사, 두타산 삼화사, 치악산 구룡사, 달마산 미황사 등이 그러한 곳이었다. 넷째, 나 죽으면 그 부도浮屠가 백담사 경내에 서 있게 되었다는 점이다. 스님이 입적하면 의당 그 부도는 도량에 세운다. 그러나 시인이 세울 수 있는 부도란 그 남겨진 작품이 아니던가. 그런데 그 작품을 새긴 나의 시비詩碑 하나 이미 백담사 도량에 세워졌으니 이 어찌 예삿 일이라 할 수 있으랴.

　　그러나 무엇보다도 내가 스님으로부터 영향을 받은 것은 시조 창작에 대한 초발심初發心이다. 어느 잡지에선지 나는 미국 체류 중 미국 대학생들에게 한국문학을 소개하는 강의를 하다가 문득 민족문학으로서의 시조의 중요성을 자각하게 되었다는 사실을 글로 쓴 바 있다. 앞서 내가 언급한 바로 아이오아대학교의 국제창작 프로그램에 참여했을 때의 일이다. 내가 귀국 후 스님께 이 일화를 말씀드리자 스님은 내게 시조의 중요성을 누누이 설파하시면서 꼭 한번 써 보라고 간곡히 권유하시는 것이었다. 그때 만이 아니었다. 뵐 때마다 매번 강조하시는 것이 바로 이 시조 창작이었다. 이를 빌미로 나는 한두 편 시조를 쓰기 시작했고, 그때마다 스님은 그것을 꼭 챙겨 당신이 주관하시는 『유심』지에 발표시켜 주었다. 그리하여 나도 이제 두 권의 시조시집을 갖게 되었으니 이 모두 스님의 은덕이 아니겠는가?

2

다 아는 바와 같이 무산霧山 오현 큰스님은 비록 백담사에 주석하고 있다고는 하나 이 백담사를 포함하여 말사 60여 개를 거느린 본사 신흥사의 조실이시다. 신흥사는 이외에 선원과 강원까지 갖추어 놓고 있으니 회주인 오현스님을 일컬어 신흥사 문중의 방장方丈이라 불러도 아마 큰 무리는 없을 듯하다. 그러나 스님은 한사코 이같은 호칭을 거부하신다. 심지어 큰스님이라는 호칭에 대해서조차도 마땅치 않게 여기신다.

어느 날인가 나는 스님을 뵙는 자리에서 무심결에 '큰스님'이라는 호칭을 사용한 적이 있었다. 그것이 비위에 거슬리셨는지 그때 스님은 "오 박사, 큰스님이라는 호칭은 불가佛家 사상과 맞지 않으니 앞으로 사용하지 마세요"라고 정색을 하시는 것이었다. 그리고 이어지는 말씀, '불가에서는 모든 중생들이 평등하여 높고 낮음이 없다. 물론 선림禪林의 수좌들이나 문중의 사문沙門들 사이에서도 어떤 차별을 두어서는 아니 된다. 물론 당신은 혹시 경문은 더 잘 외울 수 있을지 모른다. 그러나 음식을 만드는 일은 이 절의 공양주를 따라갈 수 없다. 절의 사무를 보는 사무장은 당신이 할 수 없는 컴퓨터를 잘 다루고, 절의 셔틀 버스 기사는 당신이 못하는 운전을 잘하니 이 절간에 누가 더 크고 고귀할 수 있겠느냐. 세상의 이치 또한 이와 같다.'고 하신다. 그것이 세존의 바른 가르침이라는 것이다.

나는 그 말씀을 듣고 내심 쾌재를 불렀다. 부처가 누구겠는가. 아니 부처가 어디 별도로 있는 존재이던가.

그 누구인들 그 안의 불성을 보면 그 곧 부처가 되는 것이 아니던가. 그리하여 백담사의 대중들은 스님 앞에서는 당신을 일러 공개적으로 큰스님이라는 호칭을 피한다. 다만 스님의 안전을 벗어난 곳에서나 사용할 뿐이다. 이와같은 스님의 만물 평등사상은 물론 세존이 설하신 바 깨달음에 이르러 도달한 경지 즉 평등상平等相을 추구하고자 하는 당신의 실천 수행일시 분명하다. 그래서 그런지 스님의 시에는 자신을 낮추고 타인을 높이고자 하는 삶의 자세가 곳곳에 베어 다.

남산 위에 올라가 지는 해 바라보았더니

서울은 검붉은 물거품이 부걱부걱거리는 늪

이 내 몸 그 늪의 개구리밥 한 잎에 붙은 좀거머리더라

—「이 내 몸」 전문

무금선원에 앉아

내가 나를 바라보니

기는 벌레 한 마리
몸을 폈다 오그렸다가

온갖 것 다 갉아먹으며
배설하고
알을 슬기도 한다
—「내가 나를 바라보니」 전문

　「이 내 몸」의 '남산의 정상에 올라 지는 해를 바라보는 일'이나 「내가 나를 바라보니」의 '무금 선원에 앉아 내가 나를 바라보는 일'이란 아마도 어떤 깨달음의 상태에서 내我가 내 자신의 본질을 직시하는 행위의 비유일 것이다. 스님은 말한다. 이 중생계에서는 사람들이 당신을 혹은 '조실'이니 혹은 '큰스님'이니 하며 높이 부르고 추켜세울지 모르나 기실 깨달음의 세계에서 보면 당신 역시 남과 다름 없는, 평범한 중생의 하나 혹은 그보다 못한 일개 '좀거머리'나 '벌레' 한 마리에 지나지 않는다고…… 이 어찌 평등상을 지향하는 스님의 선취禪趣가 베어 있는 시라 하지 않을 수 있겠는가. 굳이 큰스님이기를 거부함에도 불구하고 바로 이같은 선적禪的 깨우침이 있기에 당신은 역설적으로 큰스님이시기도 한 것이다.

옆에서 지켜보면 스님 곁에는 수 많은 사람들이 몰려든다. 거기에는 판, 검사, 국회의원, 지방수령, 유력 정치인 등 속세의 높은 관직을 가진 권력가들도 있고, 돈이 많은 대기업가, 대신문사 발행인, 언론인, 교수, 문인 등 유명인들과 대통령의 측근, 심지어 대통령을 하겠다는 분들도 있다.(사실 나는 아직까지도 왜 그런 능력 있는 분들이 굳이 산간에 은둔하고 있는 한낱 스님에게 찾아와야만 하는지 그 이유를 잘 모른다. 내가 그 이유를 아는 날 나는 아마도 다시 오현론을 쓸 수 있을 것이다). 그런가 하면 물론 이름 없는 중생, 장삼이사張三李四의 민초들이나 촌로, 촌부, 불교 신도들은 더 말할 나위 없다. 물론 나는 그분들이 스님을 찾아와 무엇을 얻고 가는지 구체적으로 잘 모른다. 그러나 한 가지 분명한 것은 나름대로 삶의 평안만큼은 한아름 보듬어 안고 돌아간다는 사실이다. 그리하여 어떤 때 나는 가끔 오현스님이 하나의 큰 정자나무요 당신을 찾아 몰려든 대중들은 그 나무에 깃을 친 뭇 중생들이 아닐까 생각해보곤 한다. 물론 당신이 하나의 큰 정자나무라면 그것은 분명 무영수無影樹일 터이다.

서울 인사동 사거리
한 그루 키 큰 무영수無影樹

뿌리는 밤하늘로
가지들은 땅으로 뻗었다

오로지 떡잎 하나로
우주를 다 덮고 있다
　　　　　—「된바람의 말」 전문

　무영수, 즉 그림자 없는 나무,『벽암록碧巖錄』제18칙, 혜충慧忠 국사가 당나라 대종代宗에게 던진 화두에 등장한 나무이다. 그러나 이 세상 그 어떤 것이 그림자 없이 존재할 수 있을 것인가. 현상계의 삼라만상 두두물물은 그 무엇이나 필연적으로 그림자를 드리우며 살 수 밖에 없다. 그런데도 그림자 없는 나무라 하니 과연 이는 무엇을 뜻하는 말일까. 아마 이렇게 해석될 수 있을지 모른다. 그림자가 없다는 말은 역으로 그 그림자를 드리우는 실체가 없다는 말이다. 그런데도 분명 나무는 실재한다 하니 이런 상황에서의 존재는 있으면서도 없는 것 혹은 없으면서도 있는 것일 수 밖에 없다. 그렇다. 그것은 불가에서 말하는 동체이체同體異體 혹은 불일불이不一不二의 세계, 공空이 즉 색色이요 색色이 즉 공空인 세계를 암시하는 상징이다.

대종이 국사에게 물었다. "제가 소원을 들어주겠습니다. 스님께서 돌아가신 후 필요한 것이 있다면 무엇입니까." 이 말을 들은 국사는 "노승에게 무봉탑無縫塔이나 하나 만들어 주십시오."라고 대답한 후 자리를 떠버렸다. 그러나 대종은 이 말의 뜻을 이해하지 못했다. 그래서 재차 제자 탐원응진耽源應眞에게 그 뜻을 풀이해주기를 청하니 제자는 또 이렇게 말했다. "상강은 남쪽으로 흐르고 담강은 북쪽으로 흐르니 그 속에 황금이 있어 온 나라를 가득 채우는구나. 그림자 없는 나무 아래서 함께 배를 탔지만 유리 궁전에 사는 사람은 알지를 못하는구나."

이는 이렇게 설명된다. 국사는 대종에게 '무봉탑'(죽어서 지수화풍地水火風으로 돌아가는 소멸 그 자체 즉 부도浮屠) 이라는 말로 삶의 덧 없음을 일깨워주려 했다. 그러나 대종이 종래 그 뜻을 헤아리지 못하니 제자 탐원이 다시 '무영수'를 예로들어 대종에게 '현상계라는 것은 덧없는 허상에 지나지 않으며 본체계에서는 있고 없음이 하나라'는 것을 이야기해 준 것이다. 우매할 손, 그럼에도 불구하고 대종은 끝내 그 뜻을 깨닫지 못했다 그리하여 그는 죽은 후에도 생전의 부귀영화를 누리고자 자신의 호화분묘를 만든다. 그러나 삶 그 자체가 이미 덧없는 허상이거늘 죽은 시신屍身인들 더 말해서 무엇하겠는가. 그러한 의미에서 무영수는 또한 불가에서 가르치는 바 집착(그림자)을 버리고 절대 자유의 세계에 이른 각자覺者의 경지를 암시하는 상징일지도 모른다.

그러나 무영수, 즉 무산霧山이라는 정자 나무에 깃을 친 중생들은 과연 당나라의 대종과 같은 삶의 태도에서 벗어날 수 있을 것인가. 이 세상의 탐욕과 부귀영화, 그리고 집착을 버려 진정 무소유의 절대 경지에 이를 수 있을 것인가. 그러한 희원이나마 과연 품고 있을 것인가. 아마도 그렇지 못한 사람이 대부분일 것이다. 아니 오히려 더 많은 탐욕을 채우려, 더 큰 부귀영화를 누리려, 더 오래 권세를 지키려 무산을 찾는지도 모를 일이다. 그것은 『벽암록』에 등장한 당의 황제 대종의 삶에서 우리가 보았듯 생활의 소박한 행복을 꿈꾸거나 피곤한 영혼에 위안을 얻고 싶어 하는 장삼이사의 민초들보다 현재 세속권력과 영화를 누리면서도 그것을 보다 영원히 지키고자 하는 사람들에게서 더 그러할지 모른다. 무산스님이 권력가나 세도가 혹은 재력가들 보다 평범하게 사는 서민 대중에게 보다 애정을 갖는 이유가 여기에 있다. 스님은 바로 생활에 지친 일상의 민초들에게서 숨겨진 불성佛性을 보았던 것이다.

그러므로 스님이 평소에 가난하고 곤궁한 대중들에겐 항상 스스로 다가가려고 노력하면서도 당신을 찾아오는 권력가나 세도가, 재력가들은 가능한 멀리하려는 태도를 갖는 것은 당연하다. 나는 거의 십여 년 간을 겨울 방학 때마다 백담사 요사체의 방 하나를 얻어 동안거를 해왔던 까닭에 속인으로서는 누구보다도 스님의 일상을 곁에서 지켜본 사람들 중의 하나다. 그래서 안다. 스님이 권력가나 세도가들은 가능한 멀리하면서도 힘없고 궁핍한 사람들은 항상 가까이 한다는 것을. 중앙관청의 최고 권력들이 자주 초청하는 자리에는 여러 가지 그럴 듯한 이유를 들어 당신 대신 시자侍者를 참석

시키면서도 서민의 소박한 모임에는 꼭 찾아가 몸소 따뜻한 보살핌을 보인다는 것을, 능력 있는 사람들에겐 무심하면서도 주위의 가난한 사람들에겐 무엇이든 자신의 것을 내주고 베풀려 한다는 것을. ─백담사가 자리한 용대리의 전 이장에게서 들은 이야기이지만─ 불사佛事를 하나 하더라도 항상 사하촌寺下村 주민들의 이익이 무엇인가부터 챙긴다는 것을.

　이런 일도 몇 번 본적이 있다. 언제인가 겨울, 내가 백담사에 머무르고 있을 때였다. 밖엔 희끗희끗 눈발이 비치고 있었다. 모처럼 스님과 차 공양을 즐기고 있는 중인데 밖에서 시자의 목소리가 들려왔다. 중앙의 큰 신문사 발행인이 그의 수하 몇을 거느리고 찾아와 스님을 뵙고 싶어 한다는 것이다. 그런데 스님의 대답은 간단했다. "외출해 없다 하고 방이나 하나 마련해드려라." 내가 스님께 그러지 마시고 한번 만나 뵙는 것이 어떠냐고 권유하자 스님은 서울이 아닌 경치 좋은 산중이니 그분들은 곡차나 한잔 하고 풍류를 즐기다 돌아가면 만족할 것, 당신은 '오 박사'와 차 환담을 나누는 것이 더 마음이 편하다는 것이다. 또 한 번은 어떤 중진 국회의원이 부장검사라는 분과 함께 찾아 온 적이 있었다. 그때도 마찬가지였다. 그런 스님이 권력이나 재력과 아무 상관 없는 문인들은 아주 좋아하신다. 아마도 문인들을 대하는 예우가 백담사만큼 깍듯한 절은 한국에 없을 것이다. 시조 시인이시기 때문만은 아닐 것이다. 낮은 자리를 사랑하시는 바로 그 자비심일지도 모른다.

스님을 찾아오는 문인들은 많다. 손자뻘 되는 20대의 신인들로부터 나같은 중견은 물론 원로문인 등 구분이 없다. 그러나 스님이 특별히 좋아하는 문인들은 문단에서는 아직 인정 받지 못한 젊고 발랄한 신인들이다. 스님이 손자뻘 되는 이 젊은 문인들과 함께 어울려 시화를 나누면서 밤새도록 요사체의 한 방에서 티 없이 "깔깔"대는 모습을 곁에서 지켜보노라면 마치 한 분의 동자불童子佛을 보는 것같다. 그러나 그렇다고 해서 물론 모든 문인을 무작정 받아들이는 것은 아니다. 한번은 이런 일을 목격한 적이 있다.

스님이 낙산사에 주석하고 있을 무렵이다. 그때도 역시 나와 차를 들고 있었는데 밖의 시자로부터 문인 몇 분이 찾아와 뵙기를 청한다는 보고가 올라왔다. 문인의 이름을 들어보니 우리나라에서 가장 권위가 있다는 어떤 문학 정기간행물의 주간이었다. 문학 정기간행물, 그것도 우리나라를 대표하는 문학잡지의 주간이라면 문인으로서는 누구도 쉽게 물리칠 수 없는 문단의 실력자라 할 만한 분이다. 그런데 이때도 스님은 외출을 칭하고 간단없이 거절하시는 것이었다. 아마 이분은 그 '주간' 자리라는 것을 내 놓은 후 스님과 가까워질 수 있었을 것이다. 들은 이야기이지만 이 비슷한 경우가 또 있다. 우리문단에서 문학권력을 장악하고 있는 문단 파벌의 어떤 보스가 속초에 거주하는 한 시인(지금은 작고하셨다)을 앞세우고 스님을 방문한 적이 있었다. 그러나 그 역시 만나지 못하고 돌아갔다. 후에 스님께 그 연유를 물은 즉 스님의 대답은 간단했다. 그런 분들은 외롭지도 않고 문단의 약자도 아니기 때문이라는 것이다.

앞서 언급했듯이 스님 곁에는 항상 많은 대중들이 몰려든다. 물론 그 중에는 『벽암록』에 등장하는 당나라의 대종같이 속세의 욕망 충족에 혹 무슨 도움을 얻을 수나 있지 않을까 기대로 찾아오는 분들도 없지는 않다. 그런 분일수록 겉으론 스님을 깍듯이 받들면서 속으로는 무언가 자신의 이득을 챙기려 한다. 내가 잘 아는 분 가운데 이런 범주에 속하는 한 문학잡지사 주간이자 교수이기도 한 사람이 있었다. 그런데 그 분이 몇 차례의 과오를 범해 스스로 스님을 피하는 처지가 되었다. 그러나 나는 스님이 이를 괘념치 않고 ―나 같으면 내치는 일이 당연할 것 같은데― 다시 그 분을 불러드려 일을 맡기시는 것을 보았다. 물론 그가 자신의 민망함 혹은 부끄러움을 어느 정도 털어버릴 수 있도록 시간적 거리를 배려해 준 후에 말이다. 인품으로 볼 때 아마 그 분은 그 자신 반성하기보다 저지른 잘못을 스님이 몰랐던 까닭에 부르는 줄로 착각하고 다시 들어왔을 것이다. 그러나 그렇지 않다. 내가 알기로 스님은 누구보다도 주위 사람들의 행동거지나 자잘 못을 잘 알고 있는 분이다. 다만 그것을 결코 단죄하거나 문제 삼지 않을 뿐이다. 그러므로 스님과 한번 인연을 맺은 분은 그 자신이 배신하지 않는 한 항상 스님과 함께 간다.

후일 나는 스님께 왜 자잘못을 가리지 않고 사람을 쓰느냐고 물은 적이 있다. 스님은, 불가佛家에서는 이 세상 그 어떤 것도 옳고 그름이라는 것을 구분하지 않는다면서 다음과 같은 예를 들었다. 한 도둑이 빈 아파트를 털어 귀금속과 돈을 훔쳐갔다고 하자 언뜻 죄를 진 도둑에게 잘못이 있는 것같아 보여도 사실은 꼭 그렇지 않다는 것이다. 우선 그 도둑으로 인해서 건축상과 가구상은 돈을 벌게 된다. 더불어 이에 관련된 광산업, 금속산업, 제조업 등도 이익을 얻는다. 훼손된 문이나 열쇠 가구 등속을 고쳐야 하기 때문이다. 피해자는 손해를 만회하기 위해 더 열심히 일을 하여 결과적으로 경제 활성화에 도움을 준다. 도둑으로부터 값싸게 귀금속을 매수한 상인은 상거래가 활발해져 자신의 사업을 융성시킬 수 있다. 도둑은 훔친 돈으로 식량을 사서 주린 배를 채울 수 있으므로 건강을 얻는다. 더 많은 쌀이 팔린 농민은 증산을 하게 되고 이에 따라 농경에 종사하는 사람들, 예컨대 비료, 농약, 농기구들을 만드는 산업에 종사하는 분들도 이득을 얻는다. 그러니 어찌 도둑을 나쁘다고만 몰아붙이겠느냐는 것이다.

그렇다. 깨달음의 경지에서 보면 이 화엄 중생에게 자잘 못이란 없다. 시비를 가린다는 것은 오직 인과율에 얽매인 차별상差別相의 가치 판단일 뿐, 제행무상諸行無常, 제법무아諸法無我라 하지 않던가. 최소한 원융무애圓融無碍, 적멸정각寂滅正覺을 지향하는 자에게 있어서 시비是非를 초월코자 하는 행위 즉 자비慈悲는 아마도 최상의 보살행 가운데 하나이리라. 스님은 바로 이를

실천하고 있었던 것이다. 그리하여 스님이 다음과 같은
작품들을 남긴 것은 결코 우연이 아니다.

그렇게 살고 있다 그렇게들 살아가고 있다

산은 골을 만들어 물을 흐르게 하고

나무는 겉껍질 속에 벌레들을 기르며

─「숲」전문

내 말을 잘라버린 그 설도舌刀 참마검斬馬劍

내 넋을 다 앗아간 그 요염한 독버섯도

젠장할 봄날 밤에는 꽃망울을 맺더라

─「봄의 역사」전문

「숲」에서 산이 골을 만드는 것은 산의 입장에서는 해함을 당하는 행위요 골의 입장에서는 해악을 끼치는 행위이며, 벌레가 나무 속껍질에 집을 짓는 행위 역시 나무의 입장에서 보면 해함을 당하는 행위이고 벌레의 입장에서 보면 해악을 가하는 행위이다. 따라서 차별상의 경지에서 시비를 가리자면 분명 거기엔 자잘못이 있다. 그러나 전체 자연의 입장에서 보면 이 모두 하나로 어우러져 섭리하고 있는 것이라 하겠다. 「봄의 역사」 또한 마찬가지이다. 참마검이나 독버섯 모두 상대를 죽음에 몰아가는 패악의 상징이니 우리의 현상계에서는 분명 그릇된 존재들이다. 그러나 시인은 이같은 패악들도 봄에는 아름다운 꽃망울을 맺는다는 사실을 잘 알고 있다. 시비를 초월해 도달한 깨달음의 경지인 것이다.

스님이 세속과 관련지워 하는 일은 남에게 내보이지 않은 장학사업, 유치원, 양로원 운영과 같은 사회사업, 그리고 공개적인 티브이 방송이나 신문 발행 같은 문화사업 등 수 많이 있지만 이와같은 우주론적 세계관은 당신의 불사佛事 경영에도 그대로 드러난다. 어느 날인가 같이 차 공양을 하면서 스님은 지나가듯 내게 '만해장사'가 잘 되지를 않아서 걱정이라는 말씀을 슬쩍 흘리신 적이 있다. '만해장사'란 물론 근대의 대덕이라 일컫는 만해萬海 한용운韓龍雲 선사의 추모 사업을 가리키는 말이다. 만해가 백담사에서 계를 받고 그곳에서 그의 유명한 시집 『님의 침묵』을 썼다(내 개인적으로는 두세 작품을 제외할 때 문학적으로 인정할 만한 작품은 별로 없다고 생각하지만)는 인연으로 스님이 오래전 '만해사상실천선양회'를 설립하여 그를 선양하는 일에 몰두해오고 있다는 것은 이미 잘 알려진 사실이다. 물론 그 대표적인 행사의 하나가 매년 8월 백담사 입구의 만해마을에서 개최되는 '만해축전'이다.

그런데 스님은 이 고결하고도 아름다운 사업을 지칭하면서 불경스럽게도 '장사'라는 속어를 사용한 것이다. 내가 짐짓 놀란 채하며 "스님 그런 불경스런 표현이 어디 있습니까?"라고 자못 항의조로 묻자 스님은 껄껄 웃으며 한 수 더 떠 이렇게 말씀하시는 것이다. "그렇지 않습니까. 오 박사, 정주영 씨는 자동차로 장사하고, 국회의원은 권력으로 장사를 하고, 기생은 얼굴로 장사를 하고, 나는 염불로 장사를 하고, 오 박사는 지식으로 장사를 하고…… 세상 만물의 사는 이치가 서로 도우면서 또 서로 이득을 챙기는 것이 아닙니까." 말씀을 듣고 보니 딴은 그럴 것이었다. 사실 이 세상의 두두물물은 잘나고 못남이 없이, 옳고 그름이 없이, 크고 작음이 없이 서로가 서로를 도우며 받으며 인과 연에 얽혀 윤회를 거듭하고 있을 뿐 아닌가. 이 어찌 장사라 부를 수 없겠는가. 다만 어느 한 군데 집착하여 탐진치貪瞋痴에 빠지는 일만큼만은 피한다면…… 아아 우매할 손, 나는 그제서야 비로소 스님이, 우리에게는 무짠지 다꾸앙으로 더 잘 알려진, 일본 선사 택암화상澤庵和尚의 화두를 빌어 내게 법문을 펴고 있음을 깨달았다. 그의 시를 인용해본다.

일본 임제종의 다쿠안澤庵(1573~1645)선사는 항상 마른 나뭇가지나 차가운 바위처럼 보여 한 젊은이가 짓궂은 생각이 들어 이쁜 창녀의 나체화를 선사 앞에 내놓으며 찬讚을 청하고 선사의 표정을 삐뚜름히 살피니 다쿠안 선사는 뻥긋뻥긋 웃으며 찬을 써내려갔습니다.

나는 부처를 팔고
그대는 몸을 팔고
버들은 푸르고 꽃은 붉고……
밤마다 물 위로 달이 지나가지만

마음은 머무르지 않고 그림자 남기지 않는도다.

　　　―「나는 부처를 팔고 그대는 몸을 팔고」 전문

　사문沙門이 일생을 가는 도정에는 여러 갈래의 길이 있을 것이다. 어떤 대덕은 홀로 선방에 은거하여 한 생을 오로지 참선수행으로 바치는 분도 있고, 어떤 대덕은 풍진 누항에 주거하여 자신을 보살행에 바치는 분도 있고, 또 어떤 대덕은 평범한 생활인의 삶속에 불성을 심어 자신을 주위의 대중들을 구제하는 희생물로 바치는 분도 있다. 그런데 무산스님은 스스로 자신이 '참중'이 아니라 한다. 그러나 내가 보기로 무산스님이야말로 실제 현실에서 진여眞如를 찾고 또 그 길을 닦아가는 우리 시대의 보기 드문 보살행의 사문이라 하지 않을까 싶다. 마치 월명암 창건 설화에 등장하는 그 부설浮雪 같이…….

3

　출생이 기구하여 태어난 지 수년만에 절간에 버려진

소년 하나가 있었다. 그 소년은 철이 들면서 절간의 소 치는 일을 맡았다. 그래서 다른 동갑나기 아이들이 즐 겁게 등교하는 시간, 소년은 소를 끌고 근처의 산이나 들을 찾았다. 거기서 소를 풀어 하루 종일 풀을 뜯기고 소먹이 꼴을 베었다. 지치면 풀밭에 누워 흘러가는 흰 구름을 보거나 물소리에 취해 낮잠에 들곤 하는 것이 일과였다. 그러다가 문득 아카시아 향훈을 실은 산들 바람이 살풋 귀밑머리를 간질여 깨어보면 그때가 황혼 이었다. 소년은 홀로 소를 몰고 집으로 돌아와 식은 밥 한 덩이를 얻어 먹었다.

소년은 총명하였다. 주지의 경 읽는 소리를 먼 발치 에서 듣고 한달음으로 줄줄 외우곤 했다. 주지는 소년 이 예사 아이가 아닌 줄 짐작하였다. 그날로부터 소년 에게 한문을 가르치고자 했다. 천자문을 떼고 명심보감 을 익히고…… 소년은 하나를 가르치면 둘을 알았다. 재기가 너무 지나쳤다.

그런데 우연히 소년은 어느 날 보지 않아야 할 것을 보고 알아서는 안 될 사건을 알게 되었다. 홀로되어 절 집에서 공양주로 일하는 한 과부의 신상에 관한 것이었 다. 그 과부는 소년과 연배가 비슷한 나이의 고운 외동

딸을 데리고 있었다. 소녀는 말이 없었다. 항상 애잔하고 가냘픈 눈빛으로 소년을 지켜보곤 했다. 천성적으로 게을렀던 소년이 가끔 소먹이 일을 빼먹거나 절집 일을 그르치곤 하여 주지에게 꾸지람이라도 당할라 치면 그때마다 명민하게 궂은 일을 도맡아 위기를 모면시켜 주기도 했다. 소년 대신 소를 몰고 나가기도, 꼴을 베어오기도 했다. 미리 짐작이나 했듯이 소년이 배가 고플 때는 기다려 주방에 감추어두었던 간식거리를 내다 남몰래 주기도 하였다. 소년도 어느 덧 소녀가 좋아지기 시작했다.

어느 날 밤이었다. 소년은 주지의 탁자에서 우연히 이상한 한문 문서 한 장을 보게 되었다. 소녀와 어떤 남자와의 궁합에 관한 것이었는데 그 내용이 아주 좋지 못했다. 궁합대로라면 도저히 결혼을 시켜서는 안 될 사이였다. 그런데 나중에 알게 되었다. 그 남자는 소녀의 아버지뻘 되는 연상의 홀아비였는데 주지에게 몇 마지기의 논을 헌납하는 댓가로 소녀와 재혼을 도모하는 사람이었던 것을. 더군다나 그는 불구자였다. 가슴을 두근거리면서 소년은 사태를 지켜보았다. 다음날 공양주를 주지실로 불러들인 주지는 공양주에게 실제로 나온 내용과 달리 두 사람의 궁합이 아주 이상적이라면서 결혼을 강권하고 있었다. 문맹이고 가난해서 절에 의탁해 근근이 생활을 영위하던 공양주는 주지의 말을 듣고 솔깃해 이를 승낙하는 눈치였다. 소년은 도저히 눈을 감고 보아넘길 수 없었다. 그날 저녁 소년은 이 궁합의 내용을 공양주에게 알려주었다. 그래서 그 결혼은 결국 파탄이 나버렸다.

이튿날 이 사실을 알고 대노한 주지는 소년을 불러들였다. 꿇어 앉히고 몇 대의 뺨을 갈겼다. 그리고 파문을 선언했다. "너같이 지나치게 재기가 승한 놈이 문자를 알게된다면 너무 위험하다. 그러니 더 이상 한문도 불경도 가르칠 수 없다. 다시 오양간에 나가 소 꼴이나 먹여라." 소년은 이제 절간에 머물러도 더 이상 희망이 없다는 것을 알았다. 말없이 보따리를 싸들었다. 뒤도 돌아보지 않고 산문을 나서 사하촌 입구의 정자나무까지 한달음으로 내달았다. 그런데 거기 한 소녀가 정자나무에 기대 머리를 숙이고 있지 않은가? 바로 공양주의 딸이었다. 소리는 들리지 않았다. 그러나 어깨가 들먹거리는 것으로 보아 분명 흐느끼고 있음이 틀림 없었다. 소년은 가슴이 메어지도록 마음이 아팠다. 순간적으로 그녀를 불러 같이 달아나자고 말하고 싶었다. 소녀도 아마 그런 말을 기대하며 집을 뛰쳐나왔을지도 모를 일이었다. 아니면 다시 절로 돌아가 소꼴이나 뜯으면서 살까?

그러나 소년은 마음을 굳게 다잡았다. 그 절집에서는 이제 아무 희망이 없었다. 가슴이 아프더라도 해야 할 일은 해야 했다. 그는 소녀의 흐느끼는 어깨를 애써 외면해버렸다. 그때 미루나무의 묵직한 낙엽 한잎이 소년의 뺨 위에 털썩 떨어졌고 정신을 차린 소년은 떼어지지 않는 발걸음을 억지로 뗐다. 동구 밖으로 쏜살같이 뛰쳐나갔다. 한참을 달린 후였다. 소년은 이제 그 소녀가 돌아갔거니 싶어 뒤를 돌아보았다. 아, 그러나 소녀는 여전히 정자나무 기둥에 기대 서서 자신을 하염없이 바라보고 있지 않은가.

도시로 뛰쳐나온 소년은 여러 가지 고생스러운 일들을 경험하였다. 어떤 월남한 상인에게는 잘 보여서 야간 고등학교에 입학하는 특전을 누리고 그 집의 사위가 될 번 한 적도 있었다. 어떤 길거리에서는 송깃떡을 파는 배달 장사꾼이 되기도 하였다. 그러나 생각해보면 이 모두는 자신이 걸어야 할 길이 아니었다. 그리하여 그의 발걸음은 다시 어떤 절집으로 향했다. 그리고 한 노스님을 시봉하는 시자가 되었다.

그 절은 너무나 가난하였다. 매일 탁발을 하지 않고서는 끼니를 해결할 수 없었다. 어느 날이었다. 청년은 절 인근의 한 유복해 보이는 농가의 대문 밖에서 반 시간 남짓 염불을 하며 서 있었다. 안방 문 창호지 틈새로 사람의 눈빛이 어른거리는 것으로 보아 분명 빈 집은 아니었다. 그런데도 한 시간 남아 인기척을 내지 않았다. 오기가 생겼다. 청년은 집주인이 시주를 할 때까지 염불을 하며 기다리기로 작정하였다. 다시 반 시간이 흘렀다. 또 반 시간이 흘렀다. 그래도 사람은 콧등을 보이지 않았다.

마침 그때, 한 험상 궂은 한센씨병 환자(세칭 문둥병환자) 부부가 들이닥쳐 구걸을 청했다. 장타령을 외우는 그의 모습이 참으로 징그러워 보였다. 손가락은 모두 떨어져 나갔고 코는 짓물렀으며 한쪽 눈은 찌그러져 있었다. 몸은 지팡이에 의지해서 간신히 절뚝거리고……. 그러자 지금까지 몇 시간 동안이나 염불을 해도 내다보지 않던 집주인 아주머니가 쏜살같이 뛰쳐나왔다. 그 나환자에게 한 됫박의 쌀을 금방 건네주었다. 그리고는 힐끔 청년를 쳐다보았다. 눈이 마주쳤다. 그녀는 일부러 헛간으로 가서 아직 방아를 채 찧지도 않은 겉보리 한줌을 집어 마지못해 청년에게 던져주고는 방으로 들어가버렸다.

청년은 생각했다. 자신은 지금까지 이 세상에서 부처님이 가장 전능하고 무서운 존재로만 알았다. 부처님만 믿고 따르면 한 세상이 형통할 것이라고 믿었다. 그래서 절집에 들어간 것이다. 그런데 오늘 보니 그것이 아닌 것 같았다. 오히려 문둥병자야 말로 부처님보다 더 위대하고 힘 있는 존재로 보였다. 그래서 청년은 이제 부처님 대신 문둥병 환자를 한번 따라보기로 하였다. 문둥병 환자에게는 자신이 아지 못하는 어떤 삶의 철리가 숨어 있을 듯싶었다.

청년은 돌아가는 그 나환자의 뒤를 좇아 읍내 밖 다리 밑에 있는 그의 움막을 찾았다. 그리고 같이 살기를 간청했다. 처음에 단호히 거절하던 나환자 부부도 청년의 끈질긴 집념에 감동했던지 결국 이를 허락하고 말았다. 그리하여 그로부터 청년의 반년에 걸친 나환자와의 생활이 시작되었다. 청년은 그 나환자 부부와 같이 먹고, 같이 자고, 같이 구걸하고, 같이 살을 댔다. 알고 보니 그 험악하고 음산한 용모의 내면에는 참으로 아름답고 순결한 마음이 자리한 사람들이었다. 남자는 대학을 졸업한 인테리였다. 문학을 좋아하고 숨어서 시를 쓰는 사람이었다. 그는 어떻게 구했는지 세계의 명작들을 가져와 청년에게 읽기를 권유하였다. 그래서 청년은 그 나환자로 인해 수 많은 책들을 섭렵할 수 있었다. 많은 것을 배웠다.

그러던 어느 날이었다. 그날따라 나환자 부부는 청년에게 자기네는 일이 생겨 집에 있을 터이니 오늘 만큼은 혼자 읍내에 가서 구걸해 오라고 명령을 하는 것이었다. 아무 것도 미처 눈치를 채지 못한 청년은 그의 말을 따랐다. 그러나 그가 읍내에서 돌아와 움막을 찾았을 때 움막은 텅 비어 있었다. 그 나환자 부부가 한 장의 쪽지를 남기고 이미 어디론가 사라져버린 것이다. 청년은 너무나 허망했다. 울고 싶었다. 고함이라도 치고 싶었다. 어딘지 모르지만 그들이 있는 곳을 다시 찾아가고 싶었다. 그는 무작정 일어서 나가려고 했다. 그때 불현듯 구석에 놓인 사기 그릇 하나가 발뿌리에 채여 그만 파싹 깨져버렸다. 그리고 돌연 그 깨진 사금파리 하나가 반짝 눈에 들어왔다. 그것은 점점 더 크게, 더 찬란하게 빛났다. 순간 청년은 마치 전기가 합선할

때 이는 것과 같은 전율과 함께 황홀한 불빛이 자신의
뇌리에 번쩍 스치는 것을 경험하였다. 그리고 세상이
갑자기 화안하게 밝아왔다.

하늘에는 손바닥 하나 손가락은 다 문드러지고

이목구비도 없는 얼굴을 가리고서

흘리는 웃음기마저 걷어지르고 있는 거다

―「뱃사람의 말」 전문

이 몸 사타구니에 내돋친 붉은 발진

그로 인하여 짓물러 다 빠진 어금니

내 불식 하늘 가장자리 아, 육탈肉脫이여

―「봄의 불식不識」 전문

오현스님은 언제인가 나에게 당신의 불교 철학은 나병이라고 말한 적이 있다. 문둥병의 화두, 나병을 통해서 깨달음을 얻었다는, 나병환자의 삶이야말로 진정한 구도자의 보살행이라는 뜻일 것이다. 한센씨병 세칭 나병은 몸의 일부가 궤멸 혹은 소멸되는 것에 특징을 가진 병이다. 피부가 짓물고 손가락, 발가락이 차례차례 떨어져 나가고, 마침내 팔, 다리, 머리가 일그러져 죽음에 이른다. 이는 상징적으로 '나'를 없애 무로 돌아가는 과정이라고도 말할 수 있다. 그런데 '나'를 없앤다는 것은 무슨 뜻인가. 이야 말로 불가에서 일컫는 제법무아諸法無我의 경지를 가리키는 비유가 아니겠는가. 우리는 이 대목에서 선의 제 3조祖 승찬僧璨의 별칭이 적두찬赤頭璨이었다는 사실을 문득 상기하게 된다. 실증적으로 그것이 사실인지 아닌지의 여부는 중요치 않다. 다만 그가 풍질風疾(나병)에 걸려 머리가 모두 빠졌던 까닭에 당시 대중들이 그를 적두찬이라 불렀고 후에 혜가의 제자로 입문한 후 큰 깨달음을 얻자 그것이 완치되었다는 고사가 상징적으로 더 중요할 뿐이다. 그러한 관점에서 오현스님이 청년시절 나병환자와 함께 살을 대며 겪은 이같은 무아Anatman체험은 적두찬의 그것처럼 그의 구법 수행에 있어서 그렇게 이상한 일이 아닐 것이다.

나는 지금까지 오현의 시를 그의 보살행과 불교 사상을 통해 살펴보았다. 그것은 그가 한국 조계종단의 존경 받는 큰스님이며 그의 시 역시 기본적으로 선적 직관의 깨우침을 형상화한 것들이었기 때문이다. 그러나 우리 현대문학사에서 차지하는 그의 비중은 오히려 다른데 있다. 특출한 민족문학적 성과와 현대 시조의 독창적인 영역 확장 바로 그것이다. 그것은 한마디로 시조를 통한 선시의 창작이라고 말할 수 있을 것이다. 다 아는 바와 같이 시조 문학 600여 년의 전통에 있어서 시조 시형에 불교적 세계관을 담은 시인은 오현 이외 누가 있었던가. 그것도 철저한 선적 인식에 바탕을 두고 쓰여진 선시禪詩로서 말이다.

자유시의 경우는 물론 만해 한용운의 의미가 크다. 그러나 설령 자유시라 하더라도 엄밀히 말해 만해의 시를 선시라 하기는 어렵다. 막연히 불교 사상을 시에 반영했다는 뜻이 아니라 적어도 게송과 같은 유형을 선시의 본질로 규정할 때 그러하다. 그의 시가 너무 서정적이고, 너무 자기 고백적이고, 너무 직설적이고, 너무 산문적이고, 너무 풀어져 있고, 너무 길고, 너무 많은 시행들로 구성되어 있기 때문이다. 그러나 우리는 오현의 시조에 이르러 비로소 한국 선시의 한 전형을 본다. 오현은 우리 문학사상 한국 최초의 선시조 창작자이자 본격적인 의미의 선시 완성자였던 것이다.

오세영 _ 1965-68년 『현대문학』지 추천 등단. 시집 『바람의 아들들』 『별밭의 파도소리』, 학술서적 『시론』 『한국현대시인연구』 외. e-mail:poetoh@naver.com

그대가 여기에 있습니다 그러기에 없습니다 자꾸만 어디로 도망치는지 꼬리

조차 잡히지 않습니다 이제는 애초가 사라집니다

……

당신은, 그 누구도 해석 불가능한 먼지 덮인 시경詩經이었습니까

……

그대는 누구입니까?

도대체 어떤 사람입니까?

— **금은돌** 시인 문학평론가

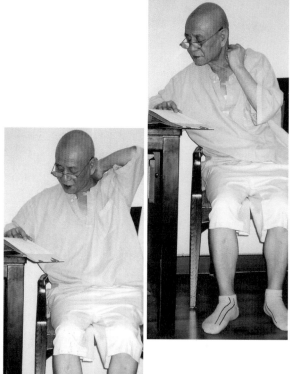

오현의 한글 선시는 삶과 죽음이라는 "초자연적이고 초월적 공간을 통해 세간을 들여다보는 구도자적 입장에서 '시' 라는 '언어' 와 '선' 이라는 '명상' 과 일원화된 것인 바, 그의 선시는 언어의 탁마琢磨 과정으로서 '언어의 명상' 또는 '명상의 언어' 를 보여주었다."

── **권성훈** 시인, 문학평론가, 경기대 융합교양대학 교수

공광규

금은돌

문태준

박현수

신달자

오세영

이근배

이지엽   **무산 오현 인물 시**

이학종

정수자

조동범

최동호

하 린

홍사성

홍성란

백담사에서

공광규

설악 푸른 벼랑에 걸린 달은 밝고

백담 흰 돌은 맑은 얼굴이다

밝은 달과 맑은 얼굴 내는 뜻을 천지신명에게 물으니

꾀꼬리가 가래나무 잎을 물고 가다

북천에 떨어뜨린다

공광규 _ 1986년 월간 『동서문학』 등단. 시집 『담장을 허물다』와 산문집 『맑은 슬픔』 외.

그림 그리기

금은돌

그대가 정지됩니다 바짝 다가가 얼굴을 지웁니다 당신의 눈을 옹달샘에 던지고, 입술은 바위 밑에, 코는 새 둥지에 넣어두었습니다 얼굴은 얼굴을 기억하지 못해서 새로운 표정을 덧칠하기 쉽습니다 눈썹은 지네 다리에서 떼어 붙이고 귓구멍엔 솔잎 가지를 쑤셔넣었습니다 이빨은 개구리 뒷다리를 잘라서 심을 겁니다

그대가 여기에 있습니다 그러기에 없습니다 자꾸만 어디로 도망치는지 꼬리조차 잡히지 않습니다 이제는 애초가 사라집니다

당신은, 칼로 베인 상처가 아려올 때마다 건드리는 땅속 지뢰입니까
당신은, 파드마 삼바바의 숨은 경전에서 들려오는 바람의 목소리입니까

당신은, 그 누구도 해석 불가능한 먼지 덮인 시경詩經이었습니까

그대를 뒤집으면 그것은 자라였습니다 자라인 줄 알고 뒤집으면 솥단지였습니다 솥단지를 힘겹게 뒤집으면 그것은 마우스였습니다 마우스를 손끝으로 툭, 그것은 종이였습니다 하양 뒤의 검정, 검정 뒤에 감정, 그 나머지 부스러기들, 지루하도록 다른 표정이 덧나오는 당신은 다품종 대량생산입니까 여전히 손이 가닿지 않는,

그대는 누구입니까?
도대체 어떤 사람입니까?

금은돌 _ 시인. 1인잡지 무크 『돌』 발행인

흰 반석 — 무산 오현스님께

문태준

백담사 溪谷에서
흰 반석을 보니

한 철에는 물 아래 눈 감고
한 철에는 물 위에 눈 뜨고

쏟아져 흐르는 때에
얼고 마르는 때에

앉아만 있으니

구름은 가버리고
또 생겨나도

언제나

고요뿐

흰 뼈만 남은

고요뿐

문태준 _ 1994년 『문예중앙』신인문학상 등단. 시집 『수런거리는 뒤란』, 『맨발』 외.

노송론 — 설악무산 큰스님께

박현수

이 절은 산이 깊어 산마다 노송이 많다 여기 노송들은
키도 크고 생긴 것도 참 잘 생겼다 허나 그 많은 노송 중
에 벌레 안 먹은 나무 없고 옹이 없는 나무 없다 벌레와
옹이 없이 큰 나무 되기론 이 생애에선 얻기 어려운 일
아니냐 벌레 먹기가 심하고 옹이가 더 깊었던들 제 아무
리 강한 금강송인들 살아남을 재간이 있었겠느냐 지나
다 노송 만나거든 벌레와 옹이 허물 삼기 전에 키 큰 내
력 생각는 것이 어찌 세속의 구구한 예절이라 하겠느냐

절에서 해마다 열리는 축제 거드는 한 언론사를 두고
누군가 말을 꺼내자 스님이 창가에서 내린 법어다 창밖
에 키 크고 잘 생긴 무진법문無盡法門들 무성하다

박현수 _ 1992년 『한국일보』 신춘문예 등단. 시집 『우울한 시대의 사랑에게』 『위
험한 독서』. 평론집 『황금책갈피』. 현재 경북대학교 국어국문학과 교수.
e-mail:tryrun@hanmail.net

조오현 스님

신달자

낙승落僧이라 하시었습니까

네네 낙승이십니다

떨어지지 않은 승僧이 승僧이겠습니까

온전하게 자신을 보좌한 승僧이 승僧이겠습니까

네네 낙승이십니다

 설악산 정상에서 몸을 날려 조각 조각이 난 그 정신
이 다시 구름 위로 몸을 날려 조각이 다시 가루로 박살
난 그 미세한 혼의 살점으로

 부실한 인간들의 틈을 메워 주었습니다

네네 낙승이십니다

낙승이 곧 비승飛僧이 아니고 무엇입니까

신달자 _ 시인. 평택대 교수 역임.

설악 행 — 무산霧山 스님 운韻

오세영

한 생 사는 일이 등반길 아니던가
오르고 또 올라서 묏부리에 다다른들
결국은 도로 내려와 본래대로 되는 것을

청산靑山은 말이 없고 무산霧山은 앞을 가려
어디로 가야 할지 갈 곳 몰라 헤맬 적에
보았다. 한 큰 소나무 이정표가 따로 없네

그 소나무 그늘에 깃을 치는 유정무정有情無情
한 세상 고된 삶을 포근히 감싸주니
소청봉, 대청봉 말고 여기 쉰들 어떠리

오세영 _ 1965-68년 『현대문학』지 추천 등단. 시집 『바람의 아들들』 『별밭의 파도소리』, 학술서적 『시론』 『한국현대시인연구』 외. e-mail:poetoh@naver.com

게송偈頌 짓는 산 — 무산대종사霧山大宗師

이근배

해 있어라 달 있어라
산 있어라 물 있어라

백두 묘향 금강 삼각 지리
오악五嶽을 두르고

산 밖에
산이 있어라
안개 쌓인
그림자 산

장백長白인가
구룡九龍인가
물기둥 용오름이여

무량수無量壽 소나무는
학을 불러 모은다

뉘신고?
곤륜崑崙에 올라
만파식적萬波息笛
부시는 이

말씀이 노래일러라
노래는 산 일러라

화두로 그린 심우도尋牛圖
난바다를 깨웠네라

무문관無門關

나서는 산 있어라

게송偈頌 돌탑

앞세우시고

*오악五嶽 : 일월오봉도日月五峰圖의 산
*심우도 : 무산스님의 첫 사화집

이근배 _ 시인, 대한민국예술원 부회장, 신성대학교 석좌교수.

백담 — 2행시

이지엽

스님보다 흰 물
세상에는 들고나는 일이 참 많기도 많지만
백담에는 흰 물이 스님보다 더 많다

무산스님 손사래
손 휘휘 저으시며 다 쓰잘 데 없는 일이야
물그림자 남기며 무산스님 휘젓는 손사랫질

벽암록 거울
짐짓 그 어떤 호명에도 남기는 일이 없는 저
깨끗한 하늘이여 벽암의 푸른 거울 속이여

한계령 젖무덤
바라보고만 있어도 젖어드는 한계령은
왜 어머니의 젖무덤 같은가 햇살 같은가

산과 물

산은 제 이마를 감추고 절 안으로 스며들고
물은 제 몸 말아 안으로 희게 돌아눕는다

이지엽 _ 『경향신문』 신춘문예 등단. 현재 계간 『열린시학』 『시조시학』 편집주간.
『한국동시조』 발행인, 경기대학교 인문사회대학장, 국어국문학과 교수.

다 쓰잘 데 없는 일이야 — 큰스님은 늘 제게

이지엽

참으로 바쁘게 세월이 흘러갑니다. 차분히 돌아볼 틈도 없이 일이 와 덮칩니다. 학생들 가르치고 상담하는 일 말고, 『열린시학』에 『시조시학』 『한국동시조』 잡지에 출판사 일, 시와 평론을 쓰는 일, 거기에 학교에서 무슨 보직까지…… 늘 그렇게 살다보니 많이 체질화가 되어서 조금 바쁜 것이 오히려 일상이 되었습니다. 이렇게 흘러가서는 안 되겠구나, 차분한 시간을 가져야지. 그래서 새벽기도를 다니게 되었고 하루 이틀 한 것이 어제가 꼭 100일째가 되었습니다. 사순절 기간에 40일 특별 새벽기도는 일종의 의무감으로 해보았지만 아무 작정 없이 한 것이 이렇게 되고 보니 슬그머니 겁이 나기도 합니다. 혼돈의 하루가 될지라도 정한 마음으로 묵상을 해보자는 게 그 의도의 시작입니다만 내심 걱정은 이것이 하나의 일처럼 느껴지면 어쩌나 하는 생각입니다.

이러는 저에게 큰스님은 "다 쓰잘 데 없는 일이야" 라고 하십니다. 잡지가 무슨 필요가 있고, 평론을 쓰고 그런 일이 무슨 필요가 있냐는 것입니다. 처음 이 말을 들을 때 내심 섭섭하기도 하고 어안이 벙벙해지기도 했습니다. 나는 지금 뭔가 크게 잘못 살고 있는 것은 아닌가 하는 자괴감이 들기도 했습니다.

그러나 생각해보면 무슨 무슨 잡지 발행인, 편집인, 편집 주간 하면서 거들먹거리지 않았는지요. 지방 출장이다, 어디다 하면서 신세나 지고 다니지 않았는지요. 다 자신의 명철보신과 이름을 위한 일이라는 거지요. 그런 것 허명이고 쓸데없는 일이고 작품이 최고라는 말씀이지요.

얼마나 당연한 말씀인지요. 그전에도 나는 잡지로 이름을 생각해본 적이 없었지만 이 말씀을 들은 이후로 더 낮아지고 겸손해지려고 노력을 합니다. 작년에 『열린시학』과 『시조시학』이 20년이 되었습니다. 시인과 화가 900명이 넘게 참가하여 화가의 그림을 보고 시를 쓰는 "시여, 다시 희망을 노래하라"라는 행사를 했고 조금 무식하게 950여 페이지가 되는 도록을 발간하기도 했습니다. 신나는 굿판을 한 번 열어본 셈이지요.

여름이 갈수록 더워집니다. 그럴수록 사람들은 시원한 것을 원합니다. 그러나 둘러보면 도시에는 어느 한 구석도 시원한 게 없습니다. 나는 이런 날은 흰 담潭이 백 개나 된다는 백담을 마음에 담습니다. 어름치와 열목어가 사는 맑은 물과 백담사·영시암·오세암·봉정암의 사찰과 암자 속 울창한 숲길을 생각하면 한결 마음이 푸르러집니다. 몽돌 계곡에 발을 담그면 머리끝까지 서늘해집니다.

삼각선원, 손잡고 오르는 집,
손들도 다 떠난 선원에
스님은 달을 우러르다
무슨 생각으로 적멸에 드시는가

무산 오현

만 평
적막을 다 부려 놓고
돌부처로 들앉아서
하마 돌이 되었을라나

거짓말 같은 참말
산악같이 외롭단 말
가슴에 콱 박혀오네

그대나 나도 그러하리니
혼자는 언제나 외로운 법
깊은 골 깎아지른 절벽의 외로움 있으리니
그 외로움이 시를 쓰게 하고
만 리 밖에서도 그대 숨결 느끼네
그대 눈빛, 그대 입술 느끼게 하네

  큰스님은 늘 제게 그런 분입니다. 생각하면 마음이
푸르러지고 머리끝까지 서늘해집니다.

무산霧山

이학종

한 치 앞도 모르는데
오리무중이 별거더냐

내가 나를 모르겠는데
세상을 어찌 알겠느냐

먼지에 우주가 담겼다는
황당한 말 내뱉지 말라

안개가 산을 지웠다고
산이 사라졌겠느냐

있다고 할 게 없다 해도
알아듣는 이 없으니

오죽 답답했으면

밤새 하얗게 지웠겠느냐

산중 낙승落僧이 스스로

안개산이라 불렀겠느냐

이학종 _ 2010년 『유심』지 등단. 저서 『선을 찾아서』 『돌에 새긴 희망』 『인도에 가면 누구나 붓다가 된다』 외.

흰 너머 ─ 도무지 무산 스님은

정수자

설악 푸른 이마로나
도무지 서늘 시울로나

알 스는 개구리모양
봇도랑도 좀 해찰하다

동해쯤 덥석 들어 펴고
법석 야단 더러 치다

산빛 물어 산밥 짓던
불목하니 옛 꽃그늘로

시 고샅쯤 사물사물
하현 품은 수리 같더니

無說說 無今도 아스라하니

흰 눈썹이…… 있다 없다

정수자 _ 1984년 세종숭모제전 전국시조백일장 장원 등단. 시집 『저물 녘 길을 떠나다』 외.

당신과 방과 어느 오후

조동범

바람이 불어오면
오후는 몰려오기 시작한다.
이윽고 방은 적막한 오후로 가득 차오르고
당신은 오래전의 무덤들을 복기하려 한다.
버려진 전화번호부의 이름들은 낯선
삶과 죽음들을 웅성거리며 사라지는가.
방에 앉아 적막한 오후를 견디는 누군가가 있다.
장엄하게 타오르는 저녁을 기다리며
세계의 모든 슬픔을 바라보는
당신이 있다.

조동범 _ 2002년 『문학동네』신인상 등단. 시집 『심야 배스킨라빈스 살인사건』 『카니발』 『금욕적인 사창가』, 산문집 『나는 속도에 탐닉한다』, 평론집 『디아스포라의 고백들』 외. e-mail:stopaids@hanmail.net

붉은 눈꽃 호랑이 눈동자

최동호

눈썹 없는 큰스님 무산은
설악산 골골을 메아리는 호랑이라네
호랑이 중에서도 가장 진물 나는 호랑이

설악의 맑은 물소리에 귀먹고
설악의 푸른 하늘에 눈 먼 호랑이가
달빛 타고 달마봉 넘어 천리 밖을 바라보고

눈썹 없는 큰스님 무산은
전생에 어린아이에게 감자 한 개 꾸어먹은
인연 갚으러 영원한 산문 지키시며

설악 산봉우리 향로 삼아 불을 피워 올리시니
붉은 눈꽃 호랑이 눈동자에 피어나
하루살이 중생들 봄날을 살아가게 하시네

※ 시적 표현의 일부에서 무산스님의 구절을 차용했음.

최동호 _ 문학평론가. 시인.

동안거冬安居

하린

그는 점점 얇아지고 있다

또 하나의 소실점

얇아지고 작아져서 첩첩산중 안으로 사라지고 있다

미궁을 향해 총 총 총 걸어 들어가는 말줄임표

헐벗은 산짐승들도 잠시 배고픈 울음을 멈추고 묵언
수행 흉내를 낼 거다

마침내 거대한 마침표가 되어 면벽이라는 옷을 껴입
고

자신이 투명이 될 때까지 얼음 문장을 다듬고 있을

거다

　내내 지속적인 극한

　비유도 상징도 필요 없는 몸짓으로

　이곳에서 저곳으로, 저곳에서 이곳으로 넘나드는 사
유들

　그런데 이름을 완전히 지운 후에도 채록되는 여운이
있었으니

　여운은 시가 되고 시는 질문처럼 살아서

　최초이자 최후인 고백이 돼도 좋으리라

가끔 입춘 쪽에서 날아온 새가 석탑 위에 앉아 참선을 하는 때가 있다

깨달음의 본적을 알았다는 듯이

맨몸으로 갔다가 다시 맨몸으로 돌아온다는 듯이

하린 _ 2008년 『시인세계』신인상 등단. 시집 『야구공을 던지는 몇 가지 방식』『서민생존헌장』. 연구서 『정진규 산문시 연구』와 시창작안내서 『시클』외. 계간 『열린시학』 부주간. e-mail:poethr@hanmail.net

설악산

홍사성

흙이 삼할
나머지는 바위로 된 산이다

품에는
두꺼비와 구렁이가 함께 산다

눈보라 몰아칠 때는
혼자 울기도 하는

큰 산

홍사성 _ 2007년 『시와시학』 등단. 시집 『내년에 사는 법』 외.

祖室 雪嶽霧山

홍성란

절창이다, 절창
거짓말도 추임새라

이 말도 옳고 저 말도 옳아 이놈도 최고요 저놈도 최
고라니 가도 가도 안개 는개 가다 서다 안개 는개

말 아닌 말이 있다면 아부쟁이라 하오리

홍성란 _ 1989년 중앙시조백일장으로 등단. 최근 시집 『춤』『바람의 머리카락』 등,
시선집 한국대표명시선 『애인 있어요』, 단시조 60선 『소풍』 외.
e-mail:srorchid@hanmail.net

무산 오현 인물 단상

키다리 스님의 엄한 자비심

나민애

맨 처음 오현스님의 얼굴을 뵌 것은 2012년이었다. 그해 여름, 나는 만해마을에 가서 문학콘서트를 하는 팀의 일원이었다. 만해사상실천선양회에서 후원하는 그 행사를 진행하기 위해 서울에서는 꽤 많은 사람들이 준비를 했었고, 8월 12일에 맞춰 사당에서부터 버스를 타고 움직였다. 버스가 도착한 강원도 인제는 계곡의 너럭바위가 본 적 없이 희고, 물 아래 돌들마저 투명한 곳이었다. 계곡 물소리가 사람 목소리보다 크게 들리는 그곳에서 나는 일행을 따라 짐을 풀었다.

그곳에 가면 '그분'을 꼭 뵐 것이라 기대할 수는 없었다. 사람이 많으면 잘 나오시지 않는다는 말을 들었기 때문이다. 그런데 늦은 오후 멀리서 한 노스님이 걸어오는 것을, 그 주위에 사람들이 모여 인사하는 것을 보았다. 단박에 '그분'이라는 것을 알 수 있었다. 그는 한눈에도 오현스님이었다.

첫 만남에서 나는 내심 기대했었다. 뭔가 소소한 알은 체 정도로 나를 기억해 주실 줄 알았다. 그런데 스님은 그냥 허허 웃으시며 지나가버리셨다. 인사말을 잔뜩 준비했는데, 고맙다는 말도 드리고 싶었는데 무슨 말을 꺼낼 새가 없었다. 덕분에 풀이 잔뜩 죽어 공연히 발로 땅만 파댔던 기억이 난다.

초면인데도 불구하고 내 멋대로 반가워했던 이유는, 나에게 있어 오현스님은 '키다리 아저씨'에 필적할 '키다리 할아버지'처럼 생각되었기 때문이다. 오현스님을 처음 뵌 것은 2012년이었지만 나는 그보다 한참 전에, 10년도 더 전부터 그 이름을 알고 있었다. 19살에 서울대학교에 입학해 혼자 살던 나는 학비와 생활비를 벌기 위해 닥치는 대로 아르바이트를 하고 있었다. 그런데 갑자기 과 사무실에서 연락이 왔다. 일면식도 없는 어떤 분, 오현이라는 스님이 앞으로 내게 장학금을 주신다는 것이다. 학부 시절 나는 그 장학금으로 인해 공부하고 생각하고 쉴 시간을 벌 수 있었다. 그래서 공부하고 생각하고 쉴 때에는 너무나 자연스럽게도, 이름만 아는 그 할아버지 스님을 떠올리곤 했다. 그렇게 해서 오현스님은 내게 '키다리 할아버지'가 되었다.

고승이셔서 염력이 있으신가, 내가 고생하는 것을 어떻게 아셨을까. 어린 마음에는 별의별 의문도 들었고 때로는 감사의 편지를 써서 무작정 백담사로 보내보기도 했다. 그렇기 때문에 2012년의 그 오후에 나는 미지의 은인을 드디어 만난다는 생각에 감격해 있었던 것이다.

나중에 알게 되었지만 오현스님이 장학금을 지원해 주신 것은 나 때문이 아니라 나의 아버지 때문이었다. 나의 아버지 나태주 시인은 현대불교문학상을 수상한 바 있는데 오현스님은 그 문학상의 상금이 조금 적다고 생각하셨던 것 같다. 그 시상식에서 아버지와 나는 같이 기뻐했기 때문에 그런 생각을 조금도 하지 않았다. 그런데 오현스님은 마음에 걸리셨던지 애써 그 시인의 딸을 찾아, 시인도 모르고 딸도 모를 상금을 오래도록 지원해 주셨던 것이다. 이 사실을 알고 나서 나는 2012년 만해마을 마당에서 감사의 인사를 올렸어도 스님이 모른 척 하셨으리라 생각했다. 과연 그가 한눈에도 오현스님인 이유가 있었다.

여기서는 사뭇 다정하게 '키다리 은인'이라고 표현했지만 이 표현은 내 쪽의 주관일 뿐이다. 딱 한 번 뵌 실제의 느낌은 다정함과는 거리가 멀었다. 웃고 계시지만 따라 웃을 수 없을 정도로 그분에게는 매우 범접하기 어려운 엄중함이 있다. 그의 뒷짐, 걸음, 눈빛, 말 등등이 내가 사는 세계에서 통용되는 것과 다른 의미를 뿜고 있다고나 할까. 그 의미를 모르면서 압도당하기 때문에 자연적으로 저분은 몹시 매운 분이라는 생각을 하게 된다.

그러고 보니, 나는 경험적으로도 오현스님을 잘 모를 뿐더러, 정말 알 수 없는 분이어서 잘 모를 수밖에 없다는 생각이 든다. 그에게는 몹시 거대한 세계가 복합적으로 깃들어 있다. 스님은 불교의 세계에서 큰 스승이지만 문학의 세계에서도 열정을 특별하게 간직하고 있는 시인이다. 스님이면서 문학인으로서의 지조나 열정을 조화한 인물은 종교적 세계에서도 문학적 세계에서도 찾아보기 어렵다. 이를테면 품이 큰 까닭에 문학의 세계와 종교의 세계를 복합적으로 품었다고 말할 수 있을 것이다. 종교를 위해서 문학을 버리지도 않았고 문학을 위해서 종교를 버리지도 않았다는 면에서 거인이라고 할 수 있는 것이다.

거인의 풍모를 한눈에 파악하기는 어렵지만 그에게

서 풍기는 느낌은 워낙 강렬해 여기 옮기지 않을 수 없다.

스님과 그의 문학에서는 분명 세상을 불쌍히 여기는 자비심이 느껴지는데 그 자비심은 우리가 보통 떠올리는 자비심마냥 부드러운 것이 아니라 엄한 자비심이라는 면에서 차별성이 있다. 서릿발처럼 단호한, 날카로운 칼날처럼 무서운 자비심이라고 해야 옳을 것이다. 세상을 사랑해놓고 사랑하지 않는 것마냥 돌아서는, 마치 2012년에 만난 뒷모습 같은 태도랄까. 그러니 오현 스님은 정녕 범인으로서는 알 수 없는 깊이요 큰 어른일 수밖에 없는 것이다.

나민애 _ 2007년 『문학사상』신인문학상 평론 등단. 평론집 『제망아기의 사도들』. 현재 서울대학교 기초교육원 강의교수 재직.

백담의 폭설과 심안

서안나

오현 큰스님을 생각하면 나는 겨울 백담사의 추억과 스님의 시와 눈빛이 겹쳐져 다가온다. 살아가면서 우리는 많은 사람을 만난다. 그 많은 인연 중에서도 유독 선명한 기억으로 남는 이들이 있게 마련이다. 나에게 오현 큰스님이 그런 분이시다. 나는 눈빛으로 스님을 기억하고 있다. 스님과의 인연을 굳이 찾으라면, 수백 명의 시인이 참여하는 백담사 만해축제 때 먼 거리에서 서툴게 인사를 드리는 것이 고작이었다. 그러다 몇 해전에 아는 시인들과 함께 백담사로 여행을 간 적이 있었다. 그때 만해마을에서 스님과 차를 마실 기회가 있었다.

백담의 겨울을 꼭 보리라고 다짐하고 있던 나에게, 아는 지인이 백담사를 여행하자는 제안은 무척 반가운 것이었다. 우리 일행은 한적한 만해마을에 여장을 풀고 백담사로 향했다. 하지만 방문객이 뜸한 1월 초순이라 백담사로 가는 마을버스가 운행을 중지하고 있었다. 하는 수 없이 우리는 눈이 쌓인 산길을 오래도록 걸어 백담사에 도착했다. 자동차에 익숙했던 우리에게 백담사 좁은 산길을 걷는 일은 생각보다 고되고 힘들었다. 하지만 우리는 이내 겨울의 백담 풍경과 하나가 되었다. 흰 눈에 덮여 마치 태초의 자연과 같은 겨울 풍광이 오롯이 나의 가슴에 들어와 앉는 것을 느낄 수도 있었다.

다음날 아침에 우리는 스님을 뵐 수 있었다. 스님은 바쁜 일정 중에 시간을 내셔서 우리 일행에게 새해 덕담과 따스한 차를 대접해 주셨다. 나는 쑥스러워서 스님과 지인들의 대화를 듣고만 있었다. 스님은 내가 무료해 보였던지 나에게 몇 마디 말을 건네곤 하셨다. 나는 그때 스님의 얼굴을 자세히 쳐다볼 수 있었는데, 스님의 눈빛이 참 강렬했던 것을 기억한다. 선시처럼 툭툭 말을 던지는 스님의 표정과는 달리, 스님의 눈빛은 참으로 많은 이야기를 하고 계셨다. 날카로우면서도 부드럽고, 강직하면서도 애달프고, 어린애의 눈빛과 노인의 눈빛이 다 깃들어 있었다. 마치 분별심을 내려놓고, 세상의 모든 비밀을 본 자의 눈빛이었다.

그리고 스님의 눈동자는 마치 영혼의 눈빛처럼, 시공

간을 초월하여 이생이 아닌 전생을 관조하는 심안과도 같았다. 스님은 우리와 이야기를 나누면서도, 자신을 들여다보는 것만 같았다. 우리가 백담사를 오를 때의 마주한 설원의 침묵처럼, 물질의 표면만을 바라보는 육안이 아닌 시간과 공간을 초월하는 깊고 묵직한 심안의 눈길이었다. 나는 그때 오현스님은 눈으로 산도 옮길 수 있는 시인이라는 생각을 했던 것 같다.

　　우리 절 밭두렁에 벼락 맞은 대추나무

　　무슨 죄가 많았을까 벼락 맞을 놈은 난데

　　오늘도 이런 생각에 하루해를 보냅니다.

　　─「죄와 벌」전문

　내가 스님의 눈빛을 다시 만난 건 스님의 시에서였다. 스님의 시는 아포리즘처럼 혹은 선시나 오도송처럼 사물의 본질에 가 닿는 고도한 상징 미학과 심오한 사유의 노정을 보여준다. 그래서 스님의 시는 오랜 시간이 흘러도 독자들의 심장에 오래 머물러 있게 된다. 특히, 「죄와 벌」을 읽을 때면 스님이 심안으로 마주하는 그 어떤 풍경을 나도 함께 목도하게 된다. '절간 밭두렁에 벼락 맞은 대추나무의' 죄를 읽어내는 시적 화자의 시선이, 곧 자신에게로 향하고 있음을 알 수 있다. 이때 대추나무에 내려치는 벼락은 날카로운 칼날처럼 '나'를 겨누는 칼날이 된다. 이 칼날은 부처의 말씀이며, 불전 사물의 영험함과도 같을 것이다.

불교 의식에 사용되는 불전 사물은 모두 네 가지이다. '범종과 법고와 목어 그리고 운판'이다. 이 네 개의 불전 사물은 깨달음을 전하는 부처의 말씀을 대신하며 세상천지 중생과 축생들을 제도하는 힘을 지니고 있다. 불전 사물의 소리를 듣는 순간 삼계중생이 번뇌에서 벗어나게 하고 해탈의 길로 가게끔 중생을 제도한다. 범종 소리는 명부세계의 중생을, 법고 소리는 모든 축생을, 목어 소리는 물속 생물을, 운판 소리는 날짐승을 제도한다는 상징적인 의미를 담고 있다.

시에서 대추나무에 떨어진 벼락은 마치 범종 소리처럼 '나'에게로 전해져 오는 불법이기도 하다. 법요의식 중 제일 마지막에 울려 퍼지는 범종 소리는 그 둔중하고 은은한 소리처럼 불전 사물 중에서도 꽃이라 할 수 있다. 이 종을 범종이라는 부르는 이유 역시, 불교에서 범梵이란 우주 만물이며 진리이고 맑고 깨끗함이며 한없이 넓고 크고 좋다는 뜻을 담고 있어서다. 오현스님의 시에서 대추나무를 때리는 벼락은 시를 뛰쳐나와 시를 읽는 독자들에게도 범종 소리처럼 다가온다. 내가 본 스님의 눈빛의 힘은 아마도 들리지 않는 침묵의 범종 소리를 눈으로 읽는 힘은 아니었을까? 그래서 오현 스님은 천상 시인이다.

서안나 _ 1990년 『문학과 비평』 겨울호 시 등단. 시집 『푸른 수첩을 찢다』 『플롯 속의 그녀들』 『립스틱발달사』, 평론집 『현대시와 속도의 사유』, 동시집 『엄마는 외계인』 외. 「서쪽」 동인. e-mail:anna2121@naver.com

시인 조오현의 공적 기억

유성호

　조오현론論을 몇 편 쓴 적이 있다. 그것들은 대개 그분이 오롯한 '시인'임을 강조하는 취지를 담고 있었다. 나뿐 아니라 여러 동학들이 무산霧山 시조의 고갱이를 다양하게 분석하고 그 세계를 짚어온 터라 크게 새로운 소리를 얹을 것은 없겠지만, 그래도 나는 이 짧은 글에 무산 시조의 핵심이랄까 하는 것들을 말해보고자 한다. '인물 단상'으로 원고를 주문 받았지만, 그리고 내게도 무산스님과의 비밀스런 경험이나 그로 인한 개인적 소회가 없지 않지만, 그래도 이 글은 그런 사적 기억을 넘어 '시인 조오현'이라는 공적 기억에 가 닿고자 한다. 스님도 소납笑納하시리라 생각해본다.

　'시인 조오현'은 1968년 『시조문학』 추천으로 문단과 인연을 맺은 후, 시력 반세기를 쌓아오는 동안 삶의 깊이와 오도悟道의 순간을 형상화한 수많은 작품을 통해 우리 시사에 뚜렷이 남았다. 물론 그 안에는 불가적 전언이나 어법 그리고 세계관이 반영되어 있지만, 불가적 사유 자체가 언어적 표상을 넘어서려는 속성을 가진 만큼, 조오현 시편 역시 '시적인 것'의 우뚝한 성취로 보아야 할 것이다. 이때 우리는 조오현 시편을 선승의 언어로 접근하지 않고, 시인의 언어 그중에서도 '시조'라는 고유의 정형 양식에 담긴 언어로 접근하는 작업을 긴요하게 요청받는다. 그것은 조오현 시학과 불교와의 직접적 연관성을 부정하자는 것이 아니라, 그의 언어가 선적 속성과 시적 속성을 끊임없이 넘나들면서 형상화되고 있다는 점에 주목해야 한다는 것을 강조하기 위함이다. 그만큼 그에게 시조는, 그만의 고유한 형이상학적 경험과 시적 언어의 함축성이 결합된 생생한 언어의 현장인 셈이다.

그럼에도 불구하고 무산 시조는 오도의 형이상학적 경험을 형상화한 것이 대종을 이룬다. 그리하여 비약과 초월의 발상이 많이 동원된다. 또한 그 안에서는 상대적 가치들이 일원론적으로 융합되어 일체의 차별이 존재하지 않는 진경이 제시된다. 초월자의 혜안에서 바라본 진여계眞如界를 제시하기 위해 지각 경험으로는 도저히 재현할 수 없는 절대적 이미지를 구축하고 있기 때문이다. 그래서 불가피하게 오의奧義의 연쇄가 발견되기도 한다. 하지만 조오현 시는 궁극적으로 지상의 모든 대립이 소멸되는 통합적 사유 과정 속에서 완성됨으로써, 세속과 탈속의 불가분리성을 보여주는 데 매진한다. 조오현 시조만의 시사적 위상이자 돌올한 개성이 아닐 수 없다.

조오현 시조는 선의 미학과 시적 형이상성을 통해 원초적 통일성을 회복하려는 시조 본연의 지향을 체현한다. 더불어 사물의 순간적 이미지에서 포착해내는 상상력과 함께 묘사력을 바탕으로 한 선적 감각과 사유를 줄곧 보여준다. 그의 시조에서 가장 확연한 것은, 사물의 존재 자체가 아니라 그 존재를 가능케 하는 다른 사물들과의 관계 양상이고, 더 나아가서는 부재를 통해서만 증명될 수 있는 사물들의 존재 방식이라 할 것이다. 그리고 조오현 시인이 들려준 발화 방식은 주객 분리나 이성적 사유에서 벗어나 직접적, 전체적으로 존재를 만나는 통전적 경험이며, 경험적이고 이성적인 판단을 폐기시키는 상상적 행위이다. 이는 결국 불가가 지향하는 정신적 고처高處의 전언인 동시에, 시조 양식의 끊임없는 수정과 변형 과정을 통해 시인이 이루어낸, 다른 양식으로는 대체 불가능한 언어적 표상일 것이다.

　이처럼 조오현 시학은, 유가儒家가 지향해온 질서 정연한 이치를 담아내기에 적합한 시조 양식을 불가적 형이상학의 경험으로 전이시킴으로써 새로운 시조 양식의 시사점을 마련한 것으로 평가할 수 있다. 시조 양식의 끊임없는 갱신 가능성을 보여준 구체적 실물로도 기억할 수 있다. 그리고 일정한 양식적 구속에도 불구하고 다양하게 표출되는, 자유시와는 전혀 다른 심층이 담겨 있다는 점에서, 우리는 그의 시조를 우리 문학사의 빼어난 사례로 평가할 수 있을 것이다. 이를 통해 우리는 우리 시조의 구체성과 형이상성을 그만의 심도와 열정으로 개척해온 역정을 들여다볼 수 있을 것이다. 물론 조오현 시인이 반세기에 이른 시작 활동 기간 동안 그리 많은 작품을 썼다고 하기는 어렵다. 선승이요 시인이라는 이중 캐릭터를 수행하는 어려움이 과작의 성취를 불러왔을 것이기 때문이다. 하지만 그의 시조는 과작인 채로 단연 심미적 빛을 발한다. 결국 조오현 시편은 이러한 시적 통합 과정이 '시조'라는 정형 양식과 적극적으로 교섭하고 결합한 탁월한 미학적 사례로서, 그리고 우리 시조 시단의 돌올한 선의 미학과 시적 형이상성을 보여준 대표적 범례로 오래 기억될 것이다. 내게 한없는 격려와 사랑을 주신 어른이자, 한국 불교에 뚜렷한 족적을 남긴 큰스님이지만, 내게는 등단 50년을 맞는 '시인 조오현'이 여전히 각별한 까닭이다.

유성호 _ 저서 『상징의 숲을 가로질러』『침묵의 파문』『움직이는 기억의 풍경들』외. 현재 한양대학교 국문과 교수.

감자 한 알

윤후명

　스님의 초상을 그리게 될 줄 어이 알았으랴. 설악무산雪嶽霧山이 누구인가. 어이쿠, 멈칫 하면서도 오히려 덥석 받아들였다. 상당히 오래전에 뵈었는데, 여전하지는 않으시다고 들었던 듯하다. 어떤 종류의 혐의도 나타내서는 안된다고, 나는 제법 선적인 자세로 대응하려고 했다. 그러나 그것도 뭘 어떻게 하겠다는 것인지 가늠이 어려웠다. 그러므로 더 어려워지기만 했다. 스님의 무애한 모습과 선시禪詩의 서늘함이 눈앞을 가렸다.

　결국은 붓을 놓아야 했지만 스님은 화두를 붙들어야 한다고 지키고 계셨다. 마침내 종로에 나가 연등행사를 보고 와서야 눈을 딱 감고 붓을 들었다. 이게 어찌된 노릇일까. 나는 스님의 시 「적멸을 위하여」를 적어넣고 있었다.

　　삶의 즐거움을 모르는 놈이

죽음의 즐거움을 알겠느냐

어차피 한 마리 기는 벌레가 아니더냐

이 다음 숲에서 사는 새의 먹이로 가야겠다.

아득한 일이었다. 스님은 정말 벌레가 되었는지 그리는 순간 진면목이 사라지곤 했다. 모든 게 엉망이 되려하고 있었다. 나는 더 이상 버틸 힘이 없었다. 자칫하다가는 몽환포영을 그려야 하는 절벽에 이르리라.

그런데 오늘 아침 「나는 말을 잃어버렸다」는 스님의 시가 다시 전해진다.

내 나이 일흔둘에 반은 빈집뿐인 산마을을 지날 때

늙은 중님 하고 부르는 소리에 걸음을 멈추었더니 예닐곱 아이가 감자 한 알 쥐어주고 꾸벅 절을 하고 돌아갔다

나는 할 말을 잃어버렸다

그 산마을을 벗어나서 내가 왜 이렇게 오래 사나 했더니

그 아이에게 감자 한 알 받을 일이 남아서였다

오늘도 그 생각 속으로 무작정 걷고 있다

무산 오현

'감자 한 알'이라면······강원도 '감자바위'인 나로서
도 할 말을 잃어버린다. 어머니가 어디 먼 데서 나에게
주려고 감자를 삶는다.

*무산 오현 초상(001쪽) _ 윤후명 그림, 캔버스에 아크릴릭, 24×33.2㎝
*무산 오현 초상(103쪽) _ 윤후명 그림, 종이에 아크릴릭, 19.5×27㎝

윤후명 _ 시인, 소설가, 화가. 시집 『명궁』, 소설집 『둔황의 사랑』, 개인전 「꽃의 말
을 듣다」. 현재 문학비단길, 문학나무 고문.

우주를 덮고 있는 생명의 힘

이성혁

　조오현 스님의 시들을 권영민 평론가가 편찬한 『조오현 시선집-적멸을 위하여』를 통해 정독했다. 마음에 와락 와 닿는 시들과 많이 만날 수 있었다. 사실, 조오현 스님이 주로 선택한 장르인 시조에 대해 필자는 선입관 같은 것을 가져 왔다. 아무래도 현대인의 복잡한 삶을 구시대의 장르인 시조 형식이 받아 안을 수 없으리라는 생각에서였다. 하지만 조오현 스님의 시편들은 나의 그러한 선입관을 흔들었다. 그의 선시 시편들은 여전히 이해하기 힘든 것이 사실이었지만, 많은 시편들이 순박하면서도 응축적인 표현으로 삶의 깊은 오의奧義와 슬픔을 드러내고 있어서 필자의 마음을 깊이 울렸다.

　권영민 평론가가 시집 해설에서 말하고 있듯이, 조오현 스님의 시편들은 시조 형식의 여러 변형을 보여준다. 조오현 스님은 시조 형식이 가지고 있는 독특한 고전적 특성을 살리되, 그 형식을 변형하면서 마음을 시편들 각자가 특유하고 다채롭게 표현할 수 있도록 했다. 또한 그는 시조 장르와는 대척적인 장르를 개척하기도 했다. 시선집의 앞부분에 실린 24편의 '이야기시'가 그것이다. '절간 이야기' 연작은 그야말로 짤막한 이야기들로 구성되어 있는데, 그 이야기들은 이야기에 그치는 것이 아니라 삶의 오의를 얼핏 보여주는 시적 비약이 이루어지고 있기 때문에 일종의 산문시라고 말할 수 있다. 이 웃기기도 하고 슬프기도 한 엉뚱한 이야기들은 구체적인 일상사에서 이루어지는 어떤 '트임'을 보여준다. 그 '트임'이란 우리의 의식을 가두고 있는 여러 습성적인 사고를 깨뜨리면서 어떤 의식의 해방이 이루어지는 상태를 의미한다.

　가령 「돌배나무꽃」을 보자. 어떤 '늙은이'가 "'피면 지고 지면 피고 오면 가고 가면 오고……'"라며 혼자 중얼거리고 있다. 그 모습을 본 산지기가 늙은이에게 꽃이 어디로 가는지 알고 하는 소리냐고 묻자 그 늙은이 갑자기 작대기로 산지기의 어깻죽지를 후려친다. 산지기가 "어떻게나 아픈지 저만큼 후다닥 도망을 치니" 그 늙은이는 "꽃은 네놈이 도망하는 그곳으로……" "아팠던 그만큼…… 그곳 그곳으로 갔다! 가서!"라고 산지기의 뒤통수에다 대고 말한다. 시의 화자는 "돌배나무 그 꽃이 간 곳을 아는 사람"은 그렇게 산지기 한 사람뿐이 되었다고 말한다. 이 일화는 우리의 습성적인 의식을 깨뜨리면서 새로운 깨달음을 우리에게 가져다준다. 그 깨달음은 압축적이고 암시적인 시의 속성을 갖고 있어서 어떤 산문으로 번역할 수는 없다. '늙은이'의 말에 대해 삶의 피고 짐, 탄생과 죽음, 그리고 그 과정에서 나타나는 아름다움과 그에 대한 앎은 바로 아픔을 통해 이루어진다고 풀어 말해볼 수 있겠지만, 이러한 풀이가 저 늙은이의 말을 읽었을 때 얻게 되는 깨달음을 대체할 수는 없는 것이다.

조오현의 시편들 대부분은 이렇듯 시적 깨달음— '트임'—을 우리에게 선사해준다. 그중에서 죽음에 대한 역설적인 발견적 깨달음은 특히 우리에게 깊은 울림을 준다. 걸어가면서 임종하는 것을 선택하신 관계스님의 일화를 들은 부목처사가 "살아보니 이 세상에서 제일로 기쁘고 즐겁고 좋은 날은 아무래도 죽는 날"(「기쁘고 즐겁고 좋은 날」)이라면서 웃는 장면이 죽음의 역설을 보여준다. "삶이란 바깥바람/죽음은 강어귀굽이"(「개사입욕」)란 인식도 그렇다. 이에 따르면, 삶이 세계의 안쪽에 있는 것이 아니다. 삶은 바깥에서 불어오는 것, '강어귀굽이'인 죽음 이후―강―가 세계의 안쪽이다. 시선집의 표제작인 「적멸을 위하여」는 우리의 삶이란 "어차피 한 마리/기는 벌레"로서의 삶이고 후생에는 "숲에서 사는/새의 먹이로 가야겠다"면서 인간으로서의 삶에 대한 집착으로부터 해방된 의식과 정념을 보여준다. 이 시에서 조오현 스님은 삶과 죽음, 인간과 미물의 경계를 지우며 서로 상통하는 세계를 짤막한 평시조 한 수로 응축해내었다.

조오현 스님의 시는 죽음의 두려움과 삶에 대한 집착으로부터 벗어나면서 정신의 트임에 이르는 길을 보여준다. 하지만 이러한 길은 삶의 곡절로부터 초탈하여 어떤 높은 경지에서 중생의 삶을 내려다보고 사람들을 이끌고자 하는 오만한 길과는 관련이 없다. 도리어 그는 우리 장삼이사의 굴곡진 삶을 가슴에 품고 아파하면서 어떤 트임에 도달하는 것이다. 트임은 저 천상에서 내려오는 계시에 따라 이루어지는 것이 아니라 중생의 삶을 껴안으면서 이루어진다. 또한 그는 죽음 역시 어떤 관념적이거나 종교적인 사유 대상으로 삼기보다는, 죽음이 삶의 바탕임을 깨달음으로써 죽음을 삶과 대척적인 무엇이 아니라 삶과 함께하는 무엇으로 여기고 있다. 그렇기에 그는 삶을 무시하는 것이 아니라 삶의 그림자까지 보아버리려고 하는 것이다. 나아가 그는 모든 생명들, 즉 새의 먹이가 되는 '기는 벌레'나 사람이나 모두 생명체로서 평등하게 소중하다고 생각한다. 그렇기에 죽음으로부터 초연한 삶의 자세는 도리어 모든 생명체에 깃들어 있는 생명의 소중함을 깨닫는 데에로 그를 이끄는 것이다.

조오현 스님은 이렇게 세계에 존재하는 존재자들로부터 생명을 투시해냄과 동시에 생명의 연관성—연기緣起—을 인식하기도 한다. 어떤 작은 생명체가 연기를 통해 자신의 생명을 지탱해주고 있음을 그는 알고 있다. "내가 왜 이렇게 오래 사나 했더니 그 아이에게 감자 한 알 받을 일이 남아서였다"(「나는 말을 잃어버렸다」)는 문장은 이러한 앎을 보여준다. 이에, 우리는 우리가 모르는 사랑의 인연으로 서로 맺어져 있다고 말할 수 있을 것이다. 스님에게 이 사랑은 "잎바늘이나 원숭이해 잎덩쿨손"(「사랑의 물마」)과 같다. 저 생명 작용의 미세한 산물들이야말로 사랑을 드러내고 있으며, 그 사랑 덕분으로 우리는 생명의 힘에 따른 인연으로 맺어져 있는 것이다. 사랑의 힘은 생명을 낳고 되살린다. 그래서 사랑이야말로 죽음의 근대 문명을 극복할 수 있는 희망이라고도 할 수 있다. 드물게도, 시조가 아닌 자유시 형식으로 써진 아래의 시에서, 스님은 다음과 같이 쓰고 있다.

> 사랑은 넝쿨손입니다
>
> 철골 철근 콘크리트 담벼락
>
> 그 밑으로 흐르는
>
> 오염의 띠 죽음의 띠
>
> 시뻘건 쇳물
>
> 녹물을
>
> 녹물을 빨아먹고 세상을 한꺼번에 다
>
> 끌어안고 사는 푸른 이파리입니다
>
> ─「사랑」부분

죽음을 끌어안으면서 삶으로 전환시키는 저 작은 '푸른 이파리'야말로 생명의 근원이자 거대한 힘을 가지고 있다. 조오현 스님의 구도와 시 쓰기 역시 바로 저 푸른 이파리와 같은 존재가 되고자 함이 아니겠는가. 여린

이파리 한 잎, 이 한 잎이야말로 생명의 근원이기에 그것은 이 세계, 이 우주를 존재하게 해준다. 스님의 표현에 따르면, "오로지 떡잎 하나로/우주를 다 덮고 있"(「된바람의 말-무자화 5」)는 것이다. 그렇다면 인간세상에서 이 떡잎 하나와 같은 존재는 누구인가? '쇠똥구리'와 같이 끊임없이 일하며 살아가고 있는 '미화원'이다. 스님은 「어간대청의 문답」에서 미화원으로 비유된 "쇠똥구리 한 마리가/지구를 움직이는 것"이라고 말한다. 떡잎 하나가 우주를 덮어주고 존재케 하듯이, 저 작은 쇠똥구리의 노동은 인간이 사는 지구가 계속 돌 수 있도록 해준다. 하지만 그 '쇠똥구리—미화원'은 "나뭇잎 다 떨어져서/춥고 배고픈"(같은 시) 것이 우리의 현실임을 스님은 잊지 않고 있다.

이성혁 _ 2003년 『대한매일신문』 신춘문예 평론 당선. 저서 『불꽃과 트임』 『불화의 상상력과 기억의 시학』 『서정시와 실재』 『미래의 시를 향하여』 『모더니티에 대항하는 역린』 외. e-mail:redland21@hanmail.net

스님 앞에서 목 놓아 울다

이숭원

조오현 스님을 처음 뵌 것은 1997년 여름이다. '시와 시학사'에서 주관한 만해시인학교가 백담사에서 열렸는데 그때 몇 명의 문인들과 스님을 친견했다. 신흥사, 낙산사, 백담사 세 사찰의 회주로 주석하며 만해사상 선양에 앞장서신다는 스님의 명성은 익히 들었던 터라 바짝 긴장을 하고 방에 들어섰다. 스님은 문인들의 자유로운 기풍을 충분히 이해하시고 서양나라에서 온 곡차를 권하며 분위기를 이끌었다. 40도짜리 스코틀랜드 곡차를 맥주잔에 가득 따르고 한 번에 쭉 들라고 하셨다. 나는 스님이 산중에 계셔서 속세의 음주 스타일을 잘 몰라서 이리 하신다고 생각했다. 경험이 있는 다른 사람들은 한두 모금 마시고 술잔을 내려놓았지만 나는 고지식하게 스님의 말씀을 따라 한 컵을 다 비웠다. 젊은 사람이라 체격도 좋고 하니 한 잔 더 하라고 하셨지만 나는 완곡히 사양하였다.

옆에 있던 누군가가 스님께 이 젊은 교수 부친이 시
조시인 아무개라고 소개했다. 스님께서는 반갑고 놀라
운 표정을 지으시며 나를 그윽이 바라보신 후 단도직입
적으로 말씀하셨다. 경상도 억양의 스님 말씀은 거침이
없고 직설적이었다. "이 교수가 월하 선생 아들이라니
반갑네. 월하 선생은 나를 시조 단에 등단시켜 주신 분
이야. 나의 스승이지. 월하 선생 시조가 문학성이 떨어
진다는 말을 하는 사람들이 있어. 그런 면이 있다 해도
월하 선생이 『시조문학』을 간행하여 많은 시조시인들
을 배출한 공은 인정해야 해. 나에게 월하 선생은 고마
운 스승이야. 좋아하는 스승의 자제도 문학을 한다니
기분이 좋군."

　서울로 와서 부친께 오현스님 만난 것을 말씀드렸더
니 아버지는 기뻐하시며 가람문학상 시상식 때의 이야
기를 들려주셨다. 1995년 11월에 오현스님이 가람문
학상 수상자로 선정되어 시상식이 열렸는데, 시상식 후
기념촬영이 끝나자 상패나 화환을 다 버려둔 채 다른
장소로 이동하여 할 수 없이 아는 사람에게 전달을 부
탁했다는 것이다. 시조시인으로 작품을 쓰니 문학상은
받지만 상패나 기념패 따위에는 별 관심이 없었던 것

같다는 말씀이었다.

　그 후 백담사의 만해 행사나 서울의 문학 행사에서 스님을 몇 번 뵈었고 가까이에서 다시 만난 것은 이성선 시인 추모행사 때였다. 이성선 시인은 2001년 5월에 세상을 떠났고 그해 7월 초 백담사에서 49재 추모법회를 겸한 시비 제막식을 했다. 오현 큰스님의 법문은 독특했다. 법좌에 앉으신 후 잠시 침묵을 지키시더니 다음과 같은 짧은 말씀을 남기고 내려오셨다. 그 법문이 너무 인상적이어서 생생히 기억하고 있다. "이성선 시인과 나는 그 동안 많은 이야기를 나누었습니다. 오늘 이 백담사에서도 이야기를 나누었습니다. 그래서 더 이상 할 말이 없습니다."

　그날 내가 맡은 것은 이성선 시인의 시세계를 소개하는 일이었다. 시세계에 대해 간단히 언급하고 언제나 친절했던 시인의 모습을 떠올리며 다음과 같은 말로 끝을 맺었다. "언제나 반갑게 먼저 손을 잡아주던 이성선 시인을 생각하면 전생부터 인연이 이어져 온 것을 알 수 있습니다. 시인이 세상을 떠나 이승에서 시인을 다시 볼 수는 없게 되었지만 내세의 어디선가 이성선 시인을 다시 만나게 될 것입니다. 그러나 내세의 이성선

시인도 나를 알아보지 못하고 나 또한 그를 알아보지 못할 터이니 그것이 안타까울 따름입니다."

행사가 끝나자 큰스님께서 내 손을 잡고 말씀하셨다. "이 교수가 불교를 모르는 줄 알았는데 오늘 말하는 것을 들으니 불교를 아주 잘 알고 있네. 이 교수가 이렇게 불교를 잘 알고 있다는 사실이 놀랍고 반갑네." 그때의 표정과 눈길은 내가 누구의 아들이라는 것을 알았을 때보다 더 따뜻하고 깊었다.

2003년 4월 24일에 부친이 세상을 떠나셨다. 그때가 토요일 오후라서 신문에만 알리고 부고를 따로 전하지 못했다. 설악산 백담사에 계신 오현스님이 오시리라고는 전혀 생각하지 못했는데 스님께서 누덕누덕 기운 장삼에 가사를 두르고 나타나셨다. 나는 너무나 황망하여 큰절을 올렸다. 스님께서는 상주인 나와 잠시 눈을 맞추신 후 아무 말씀 없이 객실로 나가셨다. 그날 스님이 입고 오신 베처럼 성글게 짠 낡은 가사의 이미지가 지금도 기억에 선명하다.

부친의 7주기가 되는 2010년에 『월하 이태극 시조전집』을 간행했다. 책을 간행하는 과정에 오현스님께 서문을 부탁드렸다. 스님께서는 선친이 해방 후 한국 시조의 백두대간이요, 현대시조 중흥에 앞장선 선구적 거목이라는 취지의 글을 써 주셨다. 감개가 무량할 따름이었다. 스님께 책을 드리기 위해 신사동 사무실로 방문하였다. 그날이 어린이날인데, 스님께서 거처를 옮기시는지 일꾼들이 분주히 짐을 싸고 있었다. 홍성란 시인이 일을 돕고 있었다.

스님께서 책을 받아 들고 다소 상기된 표정으로 말씀하셨다. "월급 받아 생활하는 사람이 전집을 자비로 내느라고 수고가 많았다. 우선 만해마을에 책을 한 묶음 보내고 시조학회의 간부, 시조단체의 임원들에게도 골고루 보내도록 해라. 그 비용은 내가 지불하겠다. 내가 월하 선생에게 은혜를 많이 입었는데 지금 이렇게 하는 것은 그 십분의 일도 보답이 안 된다. 이 이야기를 다른 사람에게 할 필요가 없다. 이 일을 계기로 이 선생도 시조에 더 관심을 가지고 아버지 사업을 이어가도록 마음을 쓰기 바란다."

그 말씀을 들으니 여러 가지 생각이 물밀 듯 일어나 도저히 마음을 추스를 수 없었다. 쏟아지는 눈물이 멈추지 않았다. 나는 부모를 잃은 아이처럼 소리 내어 울었다. 그렇게 운 것은 내 생애 처음이었다. 스님은 어린애 보듯 지켜보시고 홍성란 시인은 옆에서 함께 눈시울을 적시었다. 스님의 말씀을 받들어 지금껏 그 일을 아무에게도 발설한 적 없고 지금 처음 글로 쓰거니와, 나는 그 장면을 평생 잊지 못할 것이다. 어찌 잊을 수 있겠는가. 쉰여섯의 나이에 그렇게 목 놓아 운 일을.

이숭원 _ 1986년 『한국문학』 평론 등단. 저서 『김종삼의 시를 찾아서』 『미당과의 만남』 『영랑을 만나다』 『백석을 만나다』 외. 현재 서울여자대학교 국어국문학과 교수. e-mail:nanan303@naver.com

일탈

이정

큰스님께서 한때 나를 꽤 미워한다는 의심을 품었던 적이 있다.

1990년대 초반에 대학 선배며 큰스님의 사제인 홍사성 형으로부터 두 권의 책 집필을 의뢰 받았다. 한국불교인명사전과 한국사찰사전이 그것이다. 학자도 아닌 주제에 감히 사전이라니. 형은 내 능력에 비해 과한 일을 종종 시켰다. 3, 4년 동안 죽을 고생, 행복한 고생을 번갈아 하며 8천 매쯤의 원고를 완성했다. 그때 나는 내 능력의 지평을 한껏 늘린 기분에 사로잡혔다. 두 책은 1993년과 1996년에 큰스님의 또 다른 사제가 운영하는 불교시대사를 통해 세상에 나왔다. 이 분야에서는 현대적 체계와 문장을 갖춘 최초의 책이었다.

홍사성 형은 한동안 큰스님과 합석하는 자리에서는 꼭 그 책 이야기로 내 이야기의 서두를 삼았다. 그것이 나의 가장 큰 불교 업적이었다. 더구나 형은 내가 평소

남들에게 나보다 더 나를 아끼는, 가형家兄 같은 이라고 선전하는 분이었다. 그러니 큰스님께서 나를 주목하도록 유도하기 위해서 그랬을 것이다. 나는 당연히 큰스님으로부터 상찬을 기대했다.

그런데 큰스님께서는 그때마다 "그 책, 틀려먹었다."고 혹평을 앞세워 분위기를 싸늘하게 하셨다. 때로는 "너도 똑 같다."고 형까지 꾸짖으셨다. 형이 책을 기획했으므로 도매금으로 당했던 것이다. 까닭은 말씀하시지 않았다. 나는 큰스님께서 세상 사람들은 다 다감하게 대하시면서 나만 미워한다는 자괴감에 빠졌다. 그것은 큰스님 앞에 나설 깜냥이 못 된다는, 자못 비감한 열등의식으로 발전했다.

큰스님을 슬슬 피했다. 큰스님의 서울 거소가 있는 신사동의 『유심』 사무실에 홍사성 형을 만나러 갔다가 큰스님이 계시면 목소리를 죽이고 마주치지 않으려고 애를 썼다. 남들이 큰스님 방으로 인사를 드리러 가도 나는 형의 사무실에 남았다. 그런 세월이 꽤 흘렀다.

4년 전 소설을 쓴답시고 만해마을에서 장기체류를 했다. 큰스님의 거소가 내가 머무는 문인의 집 옆 심우장이라는 사실을 알면서도 방부房付 인사조차 가지 않았다. 큰스님께서 주변에 보이면 얼른 외면하고 멀찍이 물러났다.

그러던 중 큰스님에게 호출을 당했다. 내가 있는 것을 보셨거나 누구로부터 들으셨던 모양이었다. 재판관 앞에 앉은 죄인처럼 큰스님 앞에 앉았다.

"네가 글을 제대로 쓰려면 일탈을 해야 해. 그래야 안 보이던 게 보이도록 눈이 밝아진다고……."

그렇게 긴 시간 큰스님의 말씀이 이어졌다. 속물적인 이해타산의 시선으로는 결코 볼 수 없는, 보이는 것을 뛰어넘어 현실 저편에 숨어 있는 삶의 진솔한 의미를 꿰뚫어보라는 말씀이었다. 다행히 그날은 책에 관한 말씀은 없으셨다. 따지고 보니 나를 나무라신 기억들을 마음에 품고, 그 의미를 알아듣지 못하는 자에게 보다 직설적인 설법을 하신 것 아닌가 하는 생각이 들었다. 그때 내 가슴속 깊은 곳에 숨겨진 현 한 가닥이 청량한 음색으로 퉁 튕겨지는 소리를 들었다. 사전 두 권을 냈답시고 폼을 잡는 자에게, 누구나 긍정을 말할 때 부정을 말할 줄 아는 사람이 되라는 선사의 경책으로 그 소리는 오래도록 메아리쳤다.

나는 지금 일탈이라는 큰스님이 주신 화두를 틀어쥐

고 있다. 그래서 오늘도 불온한 상상력에 사로잡혀 있다. 하지만 지금도 큰스님을 뵈면 옛 습관이 발바닥의 굳은살처럼 남아서 슬슬 피한다. 그 삐딱한 보행이 끝날 때 내 문학도 백척간두진일보百尺竿頭進一步의 세계로 나아갈까?

이정 _ 2010년 『계간문예』신인상 소설부문 당선. 장편소설 『국경』『압록강 블루』외.

부처도 소설도 똥이다

황충상

  오현화상은 항상 열려 있어서 누구나 마음만 먹으면 만날 수 있었다. 한 문필가가 화상을 찾아와 물었다.

  "어떤 것이 부처입니까?"

  화상이 입을 크게 벌리고 하품을 하다가 뒤통수를 쓰다듬더니 입을 꾹 다물어버렸다. 문필가는 화상의 침묵 속 그림자를 읽어내질 못했다. 문필가의 작은 침묵은 한숨을 쉬다가 그만 화상의 큰 침묵에게 먹혀버렸다. 그제서야 문필가는 침묵의 바다를 헤엄쳐 건너갈 수 있었다. 그리고 하품하는 부처를 만났다. 부처도 때로는 하품을 하는 것이었다.

  다시 문필가가 화상을 찾았다. 이번에는 문필가에게 화상이 물었다.

  "무엇이 소설인가요?"

  문필가는 화상의 마음을 흉내 냈다.

  "삼이 세 근입니다."

"소설이 그렇게나 무거운 것인가요."

"부처의 무게와 맞먹지요."

화상은 활짝 웃고 문갑에서 흰 봉투 하나를 꺼내 문필가에게 건넸다.

"무엇을 주십니까?"

"냄새나니까 열어보지 말고 어서 주머니에 넣어요."

굳이 봉투를 열어본 문필가의 눈이 휘둥그레졌다.

"웬 돈을 주십니까. 저도 연금을 조금 받습니다."

"돈이 아니라 똥이요."

문필가는 공손히 자리에서 일어나 흰 봉투 앞에 큰절을 올렸다. 그리고 전혀 거리낌 없이 그 봉투를 집어 들고 화상의 침소를 빠져나왔다.

세상은 문필가가 똥에게 절을 했다느니, 화상에게 절을 했다느니 구구절절 해설이 많았다. 아무튼 이런 유의 소문은 화상을 아주 화상답게 만들었다. 그는 눈먼 돈이 생기면 흰 봉투에 분변하여 담아두었다가 그야말로 문학만 보이고 돈엔 눈이 먼 글쟁이들에게 아마도 화상이 살아 있는 날까지는 나눠주지 싶다는 것이었다.

정말 그럴까? 이에 대해 화상은 한마디도 뭐라 한 바가 없다. 그런데 이즘 화상은 한낮에 홀로 앉아 시를 쓰

고 낯 붉은 아이처럼 아이웃음을 웃는다고 그의 상좌가
전했다.

황충상 _ 소설가, 동리문학원장, 『문학나무』 편집 주간.

전기평

한국 선시의 사조와
한글 선시의 개척자 조오현

권성훈

　　조오현(1932~)[1]은 승려이자 시조시인으로서『시조문학』3회 추천으로 1968년 시조시단에 나왔다. 그는 이미 등단 이전부터 이태극, 조종현, 정완영 등과 교류하였고, 등단 후 '현대시조의 독자성 확보기'라고 할 수

---

1) 조오현(曺五鉉) 1932년 경남 밀양 출생. 1958년 입산(入山). 법명: 무산(霧山), 법호: 만악(萬嶽), 자호: 설악(雪嶽), 대충(大蟲). 1968년『시조문학(時調文學)』에「봄」「관음기(觀音記)」로 추천 등단. 주요작품에「설산(雪山)에 와서」(70),「할미꽃」(72),「석엽십우도(石葉十牛圖)」(73),「석굴암대불(石窟庵大佛)」(73),「비슬산(琵瑟山) 가는 길」(73) 등이 있다. 1979년 첫 시집『심우도』(1978) 출간,『산에 사는 날에』(2000),『만악가타집』(2002),『절간이야기』(2003),『아득한 성자』(2007),『비슬산 가는 길』(2008) 등. 산문집『죽는 법을 모르는데 사는 법을 어찌 알랴』(2005), 역해『벽암록』(1997),『무문관』(2007), 편저『선문선답』(1994) 등이 있다.
1992년 현대시조문학상, 1995년 남명문학상, 1996년 가람시조문학상, 2007년 정지용문학상, 2008년 공초문학상, 2011년 시조시학문학상, 2013년 고산문학상 수상. 만해사상실천선양회 이사장, 대한불교조계종 신흥사 조실, 대한불교조계종 원로의원, 대종사.

있는 "1960~70년대 산업화 시대에 김제현, 이근배, 이상범, 윤금초 등과 함께 모더니즘적인 시조형식의 다양한 모색을 시도"[2]해 왔다. 한글 선시에 대한 징후는 시조시인으로 동인시조집 『율律』 제4집(새글사, 1968)에 시조 '산사山寺' 외 3편을 투고하면서 서벌, 김교한, 박재두, 김호길, 권혁동 등 11명으로 구성된 '율律' 시조문학동인회 활동에 참여, 본격적으로 선시의 미학을 선보이면서부터다. 그의 첫 시조집, 『심우도尋牛圖』(한국문학사, 1979)는 "과감한 시적 문법으로 신시 70년사에 독특한 시세계를 만들었다."(『경향신문』, 1979. 02. 14)는 평가와 함께 풍전등화에 있던 한국 선시의 명맥을 이어서 역동적으로 '한글 선시의 개척자'로서 활약하게 된다.

한글 선시에 바치는 그의 열정은 절간에 있던 선시를 세속으로 전파함으로써 대중성이라는 실효성을 발휘하게 된다. 그가 선보여온 한글 선시는 기존의 성직자나 불교의 전유물로 여겨졌던 선시에 대한 깨달음이라는 고정관념인 종교적 교리를 깨고, 포교 또는 가르침이 아닌 현대시의 분파로서 대중적으로 다가서려고 했다는 점이다. 한국 선시의 사조를 잇게 된 동기를, 「자서

2) 권성훈, 「이지엽 시조 연구」, 『우리문학연구』, 제49집, 2016.

自序」에서 볼 수 있듯이 "「심우도尋牛圖」는 1970년대 초 경허鏡虛와의 만남에서 얻어진 것"으로써 경허를 통해 선풍적인 영감을 받았다고 할 수 있다.

조오현의 선시의 세계에 대하여 시인, 평론가, 학자뿐만 아니라 각계각층의 해석이 다양하지만 살펴볼 10명의 견해를 통해, 이른바 조오현이 조망하고 있는 '선시의 숲'을 부분이나마 발췌할 수 있다. 시조시인 이근배(1940~)는 "이제는 알겠다. 영감은 아무에게나 오는 것이 아니라 DNA부터나 예사롭지 않은 사람이 심산유곡에서 돌멩이가 되고 물소리가 되고 나뭇잎도 되다가 돌부처의 설법 같은 것도 들을 줄 아는 귀를 갖다가 산을 산으로 보지 않는 눈을 갖다가 어느 날 하늘에서 치는 번개 같은 것이 그 번개의 귀신이 철컥 몸에 붙어서 그도 번개가 되어 마구 천지간을 들쑤시고 다니는 것."[3]

시인 오세영(1942~)은 "조선조의 우리 시조에서는 거의 찾아볼 수 없는 면모들을 보여주고 있다. 첫째 대부분의 우리 전통 시조가 자연을 빌려 시인 자신의 감회를 피력한 데 반하여 이 시는 자연을 대상 그 자체로 바라본다. 시인 자신의 감정이 아니라 대상이 지닌 의

---

3) 이근배, 『불교문예』 「화두를 쏟아내는 설악산 안개」 2001, 여름호

미가 더 중요한 것이다. 둘째, 대부분의 우리 전통 시조가 자연을 서정적으로 묘사하는 데 반하여 이 시는 대상으로서 자연이 지닌 내적 의미를 탐구한다."[4]

시인 이승훈(1942~2017)은 "한 마디로 스님이 보는 것은 일체 만상이 서로를 반영하는 화엄華嚴의 세계, 곧 하나가 일체요 일체가 하나인一卽一切一卽一切세계, 하나와 일체가 융합하여 하나 속에 우주의 모든 활동이 전개되는 융통무애의 경지이다. 일체 현상, 만유의 각 실체는 차별적 존재 같지만 그 체體는 본래 떨어져 있는 것이 아니므로 하나 하나가 모두 절대이면서 만유와 융통한다. 비유하면 한 방울의 바닷물에서 큰 바닷물의 짠 맛을 알 수 있는 것."[5]

시인 신달자(1943~)는 "우리가 찾아 헤매는 것은 뭘까. 세상이 알아주는 그것을 찾아 바다도 넘고 강도 넘고 산도 오른다 한들 뭐 확 잡히는 것이 있긴 있는 것일까. 아지랑이라도 붙잡고 있기는 했던 것일까. 절벽도 못 본 우리들 아닐까. 얼굴 확 붉어지게 못난 부끄러움 일러주시네. 바로 세속의 우리들 자화상을 보라 하시

---

4) 오세영, 「빈 거울을 절간과 세간 사이에 놓기」, 『시와세계』 2013.
5) 이승훈, 「조오현 시조의 실험성」, 『시와세계』 2008. 가을호

네."6)

  시인 최동호(1948~)는 "문둥이 중에서도 그냥 문둥이가 아니라 손발톱 눈썹까지도 짓물러 다 빠진 진문둥이가 되어야 중놈 소리를 듣는다는 오현의 고백은 그의 무애행이 단순한 파격거리가 아님을 말해 준다. 오현의 「무산 심우도」는 그 파격성에 있어서 경허에 비견된다. 뿐만 아니라 그 시적 표현 형식이 시조라는 점에서 주목되어야 한다. 한시가 아니라 우리말 우리 시 형식을 통해 선사상의 깊고 넓은 세계를 펼쳐 보여주겠다는 것은 현대시조사에서 특기할 만한 일이라고 하겠다. 경허에서 한용운으로 이어진 현대불교 선시를 조지훈이 한 맥을 일구어나갔다면, 오현은 「무산 심우도」를 통해 현대시조의 또 다른 맥을 일구어나갔다는 사실을 간과해서는 안 될 것."7)

  평론가 권영민(1948~)은 "말과 소리는 시간의 굴레를 벗어나지 못한다. 그러나 시인은 사람의 말소리를 부리면서 그리고 모든 사물의 소리를 끌어안으면서 시간의 굴레로부터 벗어나고자 한다. '뜨는 해'와 '지는

  6) 신달자, 「시가 있는 아침」『중앙일보』 2007. 10. 29
  7) 최동호, 「심우도와 한국 현대 선시」, 『만해학 연구』, 만해학술원, 2005.

해'와 '지는

해'라는 말로 암시하고 있는 시작과 종말의 의미를 넘어서면 거기서 무엇이 가능할 것인가? 이 질문이야말로 우문愚問에 해당한다. 시인은 이미 중생의 소리를 담아내기 위한 이야기조의 시를 만들고 있지 않은가? 말이라는 것은 존재를 넘어서는 곳에서 비로소 시가 되는 법."[8]

평론가 이숭원(1955~)은 "우리는 망집에 사로잡혀 그 나무를 보지 못한다. 작은 떡잎만도 못한 내 자신이 대단하다는 어리석음에 사로잡혀 헛된 것을 탐내고 그것을 차지하지 못해서 화를 낸다. 불교에서 삼독이라고 하는 탐貪, 진瞋, 치痴가 그것이다. 자기 자신을 바로 보지 못하는 어리석음으로 인하여 탐내고 성내는 그릇된 태도를 보이는 것이다. 이 세 가지 그릇된 마음에서 벗어나 자신의 바른 마음을 제대로 보기만하면 그 떡잎은 우주를 덮고 뿌리는 하늘과 통한다."[9]

시인 이지엽(1958~)은 "시정에서 세상사의 아픔을 몸소 체감하고, 흐르는 물에서는 욕망과 번뇌를 한 점도 남김없이 흘려보낸 시인이다. 하지만 자기 자신에게

8) 권영민,『적멸을 위하여-조오현 문학전집』,『문학사상』 2013.
9) 이숭원,「시조 미학의 불교적 회통(會通)」『현대시학』 2011. 7.

만은 여전히 인색하고 엄격하다는 사실은 진정한 자아 완성을 위해 반드시 필요한 과정이었을 것이다. 아이러니 기법을 통한 개인의 속물주의에 대한 경계는 좀 더 범위를 확장하여 사회적인 현상과 문명에 대한 비판으로 자연스럽게 옮겨간다. 그러나 시인은 그것을 결코 직접적으로 얘기하지 않는다. 직접화법은 시적 긴장과 재미가 덜하기 때문임을 잘 알고 있기 때문이다. 우회적이면서도 정곡을 찌른다."[10]

평론가 유성호(1964~)는 "조오현 상상력의 기조로 보건데, '모과 하나'는 가장 작은 것에서 가장 오랜 것의 축적을 발견하는 매개로 작용하고 있다. 그리고 그것의 역리를 당당하게 설파하는 시인의 일관성을 보여주는 사례일 것이다. 그 "모과 하나"가 다음 시편에서는 '쇠똥구리 한 마리'로 그리고 '나뭇잎'으로 전이된다. 하찮은 것들이 우주의 본질을 움직인다는 의미망을 결속하고 있다. 마치 '모과 하나'가 '세상의 맛'을 다 품고 있듯."[11]

평론가 방민호(1965~)는 "오현 시인의 「심우도」는 처

10) 이지엽, 「21세기 시조 창작의 일 방향 고찰」, 『만해축전 · 중권』 2010. 겨울
11) 유성호, 「죽음과 삶의 깊이를 응시하는 '아득한 성자'」, 『시와시학』 2007.

절한 실존적 초극의 과정을 거쳐 깨달음에 이르러서는 이에 머물지 않고 이타행에 몸을 내던지는 강렬한 구도자의 이미지를 그려내고 있다는 점에서 완미한 깨달음의 세계를 여유롭게 드러내는 심우와는 여러 모로 그 뜻이 다르다. 그리고 이「심우도」의 세계를 통해 산중 시인 오현이 펼치는 '세속 문학'의 의미를 가늠해 볼 수 있다."[12] 등으로 소략하게나마 일별할 수 있다.

　요컨대 한국 선시의 계보를 잇고 있는 한글 선시의 개척자 시조시인 조오현의 "시조는 언어의 은유적 본질, 기호와 상징에 내재된 암시성에 빛을 진 선어禪語의 전통을 해체하여 재해석한다. 현대시조가 선과 본격적으로 교유한 한국 선시조사禪時調史의 한 성취가 아닐 수 없다. 한국 선시의 한시漢詩 전통을 과감히 깨고 한글로 선시조를 개척한 하나의 성과이다."[13] 또 하나 분명한 것은 선과 시조를 결합한 한글 선시로서 근대의 경허와 한용운으로 명면하던 종전의 선시 창작기법을

---

12) 방민호, 「마음의 거처 조오현론」, 『감각과 언어의 크레파스』, 『서정시학』 2007.
13) 박영학, 「지혜의 언덕 너머 춤추는 기호-조오현의 시조」, 『한국시조시학』, 2호, 2013.
14) 권성훈, 「현대 선시조에 나타난 치유적 성격 연구」, 『시조학논총』, 제39호, 2013.

현대적 감각으로 변화시키면서 선적 인식론을 확장하여 대중적인 언어로 들려주고 있다는 점이다. 나아가 오현의 한글 선시는 삶과 죽음이라는 "초자연적이고 초월적 공간을 통해 세간을 들여다보는 구도자적 입장에서 '시'라는 '언어'와 '선'이라는 '명상'과 일원화된 것인 바, 그의 선시는 언어의 탁마琢磨 과정으로서 '언어의 명상' 또는 '명상의 언어'를 보여주었다."[14]라고 할 수 있겠다.

권성훈 _ 2013년 『작가세계』 평론 신인상 당선. 시집 『유씨 목공소』외 2권과 저서 『시치료의 이론과 실제』 『폭력적 타자와 분열하는 주체들』 『정신분석 시인의 얼굴』. 편저 『이렇게 읽었다─설악 무산 조오현 한글 선시』 외. 고려대 연구교수 역임, 현재 경기대학교 융합교양대학 교수.
e-mail:poemksh@naver.com

무산 오현 선시

1쇄 발행일 | 2018년 04월 18일

지은이 | 무산 오현
펴낸이 | 윤영수
펴낸곳 | 문학나무

편집 · 기획실 | 03085 서울 종로구 동숭4나길 28-1 예일하우스 301호
이메일 | mhnmoo@hanmail.net

출판등록 | 제312-2011-000064호 1991. 1. 5.
영업 마케팅부 | 전화 | 02-302-1250, 팩스 | 02-302-1251
ⓒ 무산 오현, 2018

ISBN 979-11-5629-068-1 03810